En presencia de un payaso

Andrés Barba

En presencia de un payaso

EDITORIAL ANAGRAMA

BARCELONA

El autor agradece a la Rockefeller Foundation la ayuda recibida durante la redacción de este libro

Ilustración: «En presencia, payasos», 2014, collage hecho a mano, © Carmen M. Cáceres

Primera edición: noviembre 2014

Diseño de la colección: Julio Vivas y Estudio A

ISBN: 978-84-339-9786-9
Depósito Legal: B. 21293-2014

Printed in Spain

Reinbook Imprès, sl, av. Barcelona, 260 - Polígon El Pla
08750 Molins de Rei

*Este libro ha sido escrito
bajo la sombra del corazón de mi padre:
Andrés Barba López*

El 4 de diciembre del 2006, cinco minutos antes de abandonar su despacho de la facultad de Físicas de la Universidad Complutense de Madrid, Marcos Trelles abrió su correo electrónico y leyó, primero con incredulidad y luego con una excitación casi adolescente, que la *Review of Modern Physics* había aceptado su artículo. Tenía cuarenta y dos años y aunque había estado casi una década investigando y publicando en revistas científicas europeas era la primera vez que conseguía publicar un artículo en una de las mejores revistas del mundo. El tema central era la capacidad de la luz para curvar la materia en ciertas condiciones de laboratorio y llevaba un año y medio trabajando en el microscopio láser de Barcelona. Su equipo vivía allí pero había perdido a dos de los antiguos becarios y como habían reducido el número de becas sólo le habían dado una nueva colaboradora: una muchacha con sobrepeso preocupante y un coeficiente intelectual que rompía el techo. La primera vez que la vio pensó que si lo que decía su expediente era cierto no había que prestar demasiada atención a que apenas tuviera un vocabulario de trescientas palabras, era un prodigio de la física.

«¿Pero cómo te ha dado por elegir este proyecto?», le preguntó una tarde. Aquella joven de cara redonda y pálida como una torta de maíz podría haber elegido lo que le hubiese dado la gana.

«Me interesaba mucho.»

«¿Te interesan las nanopartículas?»

«Lo que más.»

«¿Lo que más?», repitió. La resaca no le dejaba adivinar del todo si había oído bien.

«Sí, *lo que más.*»

Su cumpleaños había sido justo el día anterior y Nuria, su mujer, había organizado una pequeña cena para él con unos amigos. Había sido una cena agradable pero había bebido demasiado (en parte por la alegría de la fiesta pero también por lo que le deprimía tener que viajar a Barcelona al laboratorio al día siguiente) y la resaca había provocado que las tres horas de trayecto en tren se convirtieran en una auténtica tortura. Tenía accesos de vergüenza en retrospectiva y recordaba vagamente haber enfadado a Nuria con algún comentario... ¿sobre qué? Veía de nuevo, como si estuviera flotando sobre aquel paisaje neblinoso, las bonitas facciones de Nuria contraídas por el disgusto, recordaba haber empleado sus últimas fuerzas en poner el despertador a las cinco y media para llegar a tiempo al primer tren a Barcelona y haberle preguntado a su mujer por qué se había disgustado sin querer escuchar del todo una respuesta. Al despertar (no sabía cómo había sido capaz de levantarse) se había quedado mirándola unos instantes; el rostro un poco hinchado por el sueño, su olor dulzón, el pelo cubriéndole la mitad de la cara. Se inclinó sobre ella y la besó en la comisura del labio, un lugar privado. Nuria refunfuñó y se dio la vuelta, pero cuando estaba a punto de salir de la habitación se volvió hacia él:

«Amor.»

«Sí.»

«Llámame luego para contarme cómo te ha ido.»

«Claro.»

En el tren la resaca comenzó a mezclarse con la autocompasión y con la tristeza. «No sé ni para qué voy», pensaba como un mantra recordando los fracasos totales o parciales de sus investigaciones. Sentía el cuerpo denso y sobrecargado de un calor febril y entró en el laboratorio tan derrotado que si alguien le hubiese mandado de vuelta a Madrid le habría dado las gracias. Ni siquiera era capaz de explicar en qué momento se produjo el cambio. Los estudiantes de quinto llegaron puntuales pero la becaria nueva tardó media hora más en aparecer. Ya se disponía a echarle la bronca cuando entró por la puerta y dijo:

«Me moría de ganas de llegar.»

Se quedó paralizado. ¿Cómo iba a echarle una bronca a alguien que se moría de ganas de llegar? La veía saltar de un lado a otro del laboratorio con una agilidad inexplicable, como si a pesar de su volumen no tuviera nada en el interior. Parecía un globo de helio con bata. Marta. Se llamaba Marta, pero no sabía por qué su mente se había empeñado en llamarla Ana.

«Ana.»

«Marta.»

«Sí, Marta, perdona. ¿Has comprobado los datos que dejó el becario que estaba antes que tú? La idea era empezar hoy...»

«Si no los hubiese comprobado no habría podido preparar el microscopio.»

Eso era tan cierto que a pesar de la resaca le recorrió la espalda un escalofrío. Le espantaba haberse desautorizado de una manera tan apabullante, pero la muchacha no parecía haberse dado cuenta. Se había quedado quieta unos segundos, a la expectativa, el cuaderno de notas apoyado en el pecho, una mano redonda como una cría de paloma de la que salía un bolígrafo de publicidad de zumos.

«Hay que comprobarlo siempre», añadió Marcos huyendo hacia delante.

«Sí, ya lo sé», respondió ella.

«Anda, continúa con eso.»

Los primeros intentos con nanopartículas fueron fallidos. Veía las nanopartículas en el microscopio y sentía algo parecido a estar contemplando un grupo de gaviotas frente al crepúsculo. Eran a la vez de una belleza esquemática, como una mancha de óxido o el dibujo de la yema de un huevo sobre un plato. Gracias a la espectacular falta de presupuesto y a la no menor mala fe con que el gobierno boicoteaba a sus propios investigadores, no tenían mucho tiempo, sólo cuatro meses en sesiones de dos jornadas completas cada tres semanas. La presencia de aquella muchacha suponía un extraño estímulo. Tenía una inteligencia tan sorprendente como, a ratos, cómica. Que estuviese acomplejada no significaba que no fuese consciente de su extraordinario talento. Se la quedaba mirando y a veces le parecía estar viendo un cachorro de león, la prehistoria de una gran investigadora. Otras, le parecía sin más una chica del extrarradio que leía cómics y que tenía un novio bajista en un grupo punk. Lo de los cómics no, pero lo del novio resultó ser literalmente cierto. El grupo se llamaba Pulmón y el novio era batería. La vida podía llegar a ser muy perezosa a la hora de establecer variables.

«Ana.»

«Marta.»

«Sí, Marta.»

«Qué.»

12

«Calcula la polarización de la onda.»

Se quedaba seria un segundo, apuntaba con su bolígrafo de publicidad de zumos tres datos y le daba el cálculo exacto. Marcos tenía la sensación de que la investigación había entrado en una fase mesetaria: se limitaban a hacer pruebas y a consignar resultados más o menos previsibles de antemano. Sabía que debía dejarse llevar por la intuición, saltar pasos, arriesgarse. Por eso, finalmente levantó la cabeza y dijo:

«Otra vez.»

«Con las mismas partículas, ¿verdad?», preguntó Marta.

No había querido decir eso en absoluto pero respondió: «Evidentemente.»

«¿Y si cambiamos también un poco la inclinación?», añadió Marta, envalentonada.

«¿A qué te refieres?»

«A bajarla un poco, a un 2,3 o un 2,2.»

La observación le pareció un disparate. Marta se puso el bloc sobre el pecho y se rascó la oreja con el limoncito de plástico que salía del bolígrafo. Marcos sintió un vértigo repentino. Le parecía absurdo pero sentía un vago murmullo, algo parecido a la sombra de la comprensión de una lengua que se desconoce por completo.

«¿Para qué?»

«Para que no sea tan alto el riesgo de refracción.»

«Pero si no puede haber refracción.»

Marta abrió la boca como si fuese a decir algo y luego la cerró.

«Puede ser», dijo al final.

Hubo un silencio. Trató de concentrarse pero lo único que parecía estar escuchando en su interior era: *Qué más da, ¿por qué no?*

«¿Sabes qué?», dijo como un padre que permite una

licencia a su hija adolescente o le da cincuenta euros por un impulso de generosidad inexplicable. «¿Sabes qué? Vamos a hacerlo como tú dices.»

No pasó nada. Pero el resultado fue alentador, la intuición había sido acertada. Cuatro días más tarde y precisamente gracias a aquella intuición comenzaron a darse cuenta de que lo que tenían que hacer era lo contrario, subirla.

«Ponla a 2,6», ordenó.

Marta afirmó sonriendo con entusiasmo, parecía haberse dado cuenta de todo sin tener que mirar siquiera, sólo por su reacción.

Se asomó de nuevo al microscopio y la imagen fue tan asombrosa que sintió de inmediato cómo se le erizaba toda la piel del cuello en un escalofrío súbito. Las nanopartículas se habían doblado en pequeñas espirales. Fue un movimiento lento, delicioso. Las partículas se siguieron retorciendo todavía unas milésimas de segundo según el detector del microscopio después de la proyección de la luz. Cuando acabó el espectáculo casi ni se atrevía a levantar la mirada. Estaba tan emocionado que ordenó repetir el experimento en idénticas condiciones.

«No hay tiempo», dijo uno de los becarios.

«Por supuesto que lo hay.»

«Vosotros repetidlo», dijo Marta muy seria.

De un segundo a otro cambió el ambiente del laboratorio. Lo prepararon todo con precisión y lentitud, sus movimientos eran densos y espaciados, como si estuviesen cruzando un campo de ortigas. Siempre se había preguntado cómo se sentiría si alguna vez descubriera algo. Ahora lo sabía, se sentía extraño, entorpecido por su propia visión, mensajero de una noticia, turbiamente emocionado. La emoción era tan vibrante que tenía la espalda totalmente cubierta por una humedad viscosa. No sabía quién pero alguien había muerto dentro de él.

«¿Y qué aplicaciones podría tener?», preguntó Nuria esa misma noche cuando la llamó desde la habitación del hotel. Era una habitación pequeña de un hotel céntrico junto a la Rambla de Cataluña. Durante cinco minutos alguien había estado gimiendo en la habitación de al lado y a Marcos le atemorizaba que el sonido se reanudara en cualquier momento. Era una habitación blanca, limpia y convencional, la situación tenía algo de deprimente, como si le aplastara el peso de la soledad de su descubrimiento. Cerraba los ojos y veía nanopartículas retorciéndose. La pregunta de Nuria le dejó un poco paralizado, apenas había pensado en el asunto y de hecho casi le molestó que su primera reacción fuera tan eminentemente práctica.

«Muchas, no sé.»

«¿Como por ejemplo...?»

«Podría tener aplicaciones ópticas, por ejemplo, para componentes informáticos, para componentes electrónicos...»

«No pareces muy contento.»

No contestó nada. Al otro lado de la ventana, a unos quince metros, se veían las habitaciones iluminadas de una familia de clase media; cruzaban de una habitación a otra y parecía que fueran deslizándose en el interior lechoso de aquella casa teatral. Le pareció una familia triste.

«Marcos.»

«Qué.»

«No pareces muy contento.»

«Estoy cansado», respondió, «ha sido un día agotador y ayer...»

«Túmbate en la cama mientras hablas conmigo.»

Marcos obedeció de inmediato. La dulzura de Nuria le

15

desarmaba por completo y era cierto que estaba exhausto. Sentía de pronto una soledad tan atroz que si no hubiese estado hablando con ella se habría empleado a fondo en beberse el minibar entero.

«Túmbate en la cama, científico mío, descubridor de la luz que doblega la materia...»

«Está bien, ya me tumbo.»

«Quítate los pantalones.»

«¿Y eso?»

«Tú quítatelos.»

Al día siguiente todavía recordaba la escena sonriendo. Con Nuria los nuevos gestos sexuales eran siempre un poco perturbadores («¿Había sido así con el otro? ¿Hizo *esto* con el otro?», preguntas que saltaban como muñecos con resorte, un estado de alarma natural) y jamás habían tenido sexo por teléfono a pesar de llevar casi cinco años casados porque nunca se habían separado más de una semana. Al principio le costó un poco dejarse llevar; las variables del amor tenían en Nuria una forma particularmente sencilla y en aquella en concreto la «sofisticación» literaria la hacía sospechosa. Nuria comenzó a describir despacio cómo se desnudaba y tocaba y a darle instrucciones para que él hiciera lo mismo. Tenían la costumbre de hablarse cuando hacían el amor, hablar sucio era una especie de redundancia amorosa, un peso liviano en el corazón, tratar gentilmente a Nuria y decirle algo sucio en el oído provocaba una pesantez dulce, como si cayera en el interior de su rostro, en su respiración, dentro de su boca. Aquello del sexo telefónico parecía una variación de ese tipo de sexo. Veía el promontorio de la clavícula de Nuria, su garganta, sus dedos, la dulzura y la firmeza con que le masturbaba, el olor de su transpiración, una escena de perfecta felicidad marital; hasta aquella deprimente habitación de hotel de Barcelona podía adquirir con toda su insulsez minimalista y blanca la condición de un hogar bien avenido y feliz en el que dos personas se encontraban por fin, tras un día agotador.

Nuria era de una belleza común con un punto exótico que seguramente le venía de un lejano ascendiente italiano lombardo, tenía un cuerpo esbelto, el pecho redondo y pequeño, una cadera impecable y una manera de moverse que a ratos recordaba la de las elegantes actrices inglesas de la década de los cincuenta. Los labios gruesos, las mejillas planas desde la caída del pómulo y la barbilla fina le daban un aire adusto que sin embargo perdía cada vez que sonreía, cosa que hacía con frecuencia. Los ojos se le iluminaban al hablar, sobre todo durante las discusiones, y la frente tenía un aire enérgico de pitonisa, como si constantemente estuviese siendo asediada por presagios funestos que negaba de inmediato para sonreír otra vez. Había estudiado Filosofía y tras acabar la carrera se había dedicado a la enseñanza en secundaria. Era una profesora nata. Su padre había muerto cuando ella y su hermano Abel eran sólo unos niños y su madre había muerto aquel último año, seis meses antes de que la luz curvara las nanopartículas en el microscopio láser de Barcelona ante la atónita mirada de Marcos. Había sido una muerte imprevisible, al más puro estilo de la madre de Nuria. Se había subido a una escalera para observar el nido de un árbol que estaba en el jardín de su casa de la sierra de Madrid y al resbalar se había golpeado la cabeza contra un banco de exterior. Cuando la policía llegó al lugar del accidente hizo fotografías. A Marcos le sorprendió por encima de todo (aunque no se atrevió a decirlo) la belleza de la postura en la que había quedado Marisa; una pierna adelantada y como enredada en la pata del banco, una mano alzada y apoyada todavía en la escalera de mano, la sangre espesa, casi negra, de la sien, como si se tratara de una escenografía patética. La fotografía se la enseñó el mismo policía que había procedido al «levantamiento del cuerpo» y le dio a Nuria una copia que Manuel no volvió a ver nunca más y que suponía que ella había guardado en algún lugar secreto. Recordaba que en cuanto metió la fotografía en el bolso se dio la vuelta y sin derramar una sola lágrima y con una desconcertante sonrisa en los labios le dijo:

«¿Qué? ¿Nos vamos?»

Esa misma noche, poco después de entrar en casa, Nuria se puso a llorar de una forma inédita y renqueante, como si alguien la estuviese sacudiendo en un ataque de pánico en una obra de teatro amateur. Dócil, blanda, afeada por la tristeza, Nuria dejaba entrar definitivamente el dolor de aquella muerte absurda.

«Ahora soy huérfana», dijo en un momento dado, «sólo te tengo a ti.»

«También tienes a Abel.»

«Bueno, sí, Abel», dijo melancólica.

Nuria se pasó tres horas hablando con Abel por teléfono, él la dejó a solas en el cuarto de estar y se puso a trabajar en el despacho; la oía hablar con tristeza, y luego reír con esa risa de quien se ahoga en el sufrimiento y desea desesperadamente hacer entrar algún signo de la vida normal, aceptable.

Él mismo lloró en aquel despacho y muy sinceramente la muerte de su excéntrica suegra, con su colección de bisutería, sus cuadros y sus esculturas de jardín, su alcoholismo moderado, su forma casi patológica de abochornar a su familia (y especialmente a Nuria) hablando de sus experiencias sexuales, su colección de amantes a cual más extraño y sus, se descubrió también tras la muerte, mil doscientos euros de deuda en materiales de pintura y escultura.

No se podía decir que Marisa lo había tenido fácil en la vida, se había quedado viuda muy pronto y, a pesar de haber tenido una situación económica muy acomodada (fue la heredera de tres adultos en una familia sin niños), su carácter ciclotímico y su propia pasión infantil de buscar ocupaciones artísticas sin tener un gran talento real la habían convertido en un personaje trágico. Si no hubiese sido por su simpatía, cualquiera habría podido pensar que era difícil encontrar una existencia más deprimente que la suya, pero sus ganas de devorar la vida tenían algo de urgente y acumulado, como si además de los suculentos millones que había heredado y que se había encargado de volatilizar como un agujero negro, hubiese heredado también el hambre acumulada y contenida de aquellas personas que nunca habían disfrutado de nada.

De Nuria y Abel se había encargado una tía amable y sosa durante los años de su infancia. Marcos recordó muchas veces durante aquellos días de papeleo, funerarias y trámites en el cementerio la forma en que Nuria le habló de su madre diez años atrás, cuando la conoció. Para ella su madre había sido desde una heroína de tebeo hasta una irresponsable profesional, la había adorado, había fingido que le resultaba indiferente, se había admitido a sí misma que le tenía un rencor imperdonable, había llorado, había decidido que la quería así sin más, tal y como era, para insultarla al día siguiente como la niña herida de cinco años que nunca había dejado de ser. Pero sobre todo, sobre todas aquellas Marisas que habían existido en la mente de Nuria y que tal vez todavía seguían existiendo, a Marcos le maravilló cómo en medio de todos aquellos disparates la medida de la soledad que había dejado Marisa en el corazón de su hija había sido semejante a la intensidad de su presencia, de su compañía y de su amor real cuando había estado junto a ella.

«No la conocerás jamás», anunció con solemnidad esa misma tarde, demostrando su mucho rencor y sus pocas dotes para la profecía, y cuando se acostaron tres noches después en el piso de estudiante que compartía con un primo suyo le maravilló ver a aquella chica desnuda en su cama, como si la seguridad de una madre complicada la hubiese revestido de una condición trágica y misteriosa. Le llenaba de asombro (a él, que era hijo único de un matrimonio convencional que regía una tienda de variantes en Toledo, y le parecía difícil de superar el récord de la insulsez que eso suponía) el tenue dibujo de la cadera desnuda de aquella muchacha, su pubis negro y contundente, aquel corazón herido. Todavía hacía mucho calor y las manchas verticales que hacía la luz al entrar por la persiana dibujaban sobre sus piernas y junto a su ombligo unas figuras preciosas, más que una pareja tendida en la cama parecían una estampa diseñada por un formalista ruso.

Las cosas habían cambiado mucho desde entonces. Ahora Marisa estaba muerta. Abel no se había molestado en venir desde Colombia («Ya estaba muerta, ¿para qué iba a venir?», el razonamiento parecía brutal pero era de un sentido común aplastante). El entierro fue deprimente y consolador a partes iguales, todo salió bien y no se presentaron más que algunos primos de Nuria, una vieja tía abuela con demencia senil que creía estar de paseo y los padres de Marcos, que vinieron desde Toledo. Los primeros días fueron difíciles para los dos; Nuria no se dejaba ayudar fácilmente, si él se acercaba, por lo general acababa siendo rechazado. Recordaba que durmieron separados una semana, cosa que no ocurría desde hacía años. Marcos la dejaba sola durante el día y cuando llegaba la noche se iba al sofá a dormir.

Luego el llanto y los gritos. Era casi imposible estar lejos de ella pero resultaba peor estar a su lado, su piel tenía el mismo aspecto que una legumbre hervida pero por debajo de aquella piel había una voluntad tan tensa que parecía que iba a reventar en cualquier momento.

Una de aquellas noches Nuria consiguió un poco de marihuana para relajarse pero el porro le sentó tan mal que estuvo durante una hora sentada frente a una foto de su madre inmóvil como una cariátide y con los ojos inyectados en sangre. Aquél fue el peor día de todos: tras el mutismo la llorera y tras la llorera un impulso enloquecido de romper cosas (cuando llegó a la cocina ya había reventado al menos dos botes de pasta y una ensaladera). Marcos la abrazó entonces y tuvo la sensación de que no era a su mujer a quien abrazaba sino a una especie de extraña, una vagabunda más pequeña y más flaca que Nuria. Le pareció que tenía el pelo más grueso que de costumbre. Se sintió extraño y frío abrazando a aquel ser humano reblandecido por el dolor, una parte de sí mismo no podía evitar preguntarse qué estaba haciendo allí pero trató de alimentar lo menos posible aquella idea y se la llevó hasta la cama con toda la ternura de que fue capaz. Comenzó a desnudarla. Poco a poco, en la semipenumbra de la habitación, fue apareciendo de nuevo el cuerpo familiar de Nuria; la pequeñez de sus pechos, la esbeltez de su cintura, sus manos de pianista, el dibujo suave de sus muslos. Él era como un padre compasivo y paciente pero sin los atributos naturales y humanos que provocaban esos sentimientos. Era compasivo por una especie de neutralidad inerte y no disfrutaba siquiera el placer onanista de estar realizando una «buena acción». Nuria se dejó desvestir y cuando le abrió las sábanas para que se metiera en la cama lo hizo de un salto y se ovilló como una sombra temblorosa. A continuación Marcos fue de nuevo a la cocina y recogió los platos rotos, limpió los restos de un bote de mermelada que había muerto también en la contienda y se acostó junto a Nuria demasiado exhausto como para sentirse desdichado. No lo sabía entonces, lo sabría al día siguiente: aquél había sido el punto de inflexión. También en el dolor, como en todo movimiento sometido a las leyes de la física, había una geometría, lo único que hacía falta era encontrar la pauta. Cuando abrió los ojos se encontró de frente a Nuria mirándole desde su lado de la cama con un gesto entre espantado, arrepentido y enamorado. Cuando se arrepentía por haberse sobreexcedido en algo Nuria siempre reaccionaba de aquella forma, y eso le hacía sospechar que sufría una terrible vergüenza en retrospectiva.

«Soy una zorra», dijo tan seria que Marcos no pudo menos que sonreír.

«No eres ninguna zorra.»

«Soy una zorra y una loca de mierda.»

Era un mail breve, oficial, neutro, puede que hasta se tratara de una plantilla en la que habían rellenado los dos o tres datos particulares de su caso. Lo leyó varias veces y luego se levantó para cerrar la puerta del despacho, por si todavía aparecía algún estudiante. Estaba firmado por Mike Frat y en un inglés de una amabilidad espartana decía que su artículo sobre la curvatura de nanopartículas por refracción lumínica había sido seleccionado por el comité editorial para ser publicado en la *Review of Modern Physics,* le felicitaba por ello y le adjuntaba un recibo para que incluyera sus datos bancarios para hacer efectivos unos honorarios que ascendían a 1.200 dólares. Preguntaba también si había que añadir como autor a algún miembro destacado de su equipo de investigación y remitía a otro mail que iba a recibir en los próximos días de Jane Hugson, la editora jefe, en el que se encargaría de indicarle el glosario básico y unificador de términos físicos y algunas instrucciones sobre otros aspectos relacionados con la publicación.

Jane Hugson debía de ser una de esas editoras de una eficiencia germánica (Marcos se hizo de inmediato una imagen mental de ella: temblorosa, solitaria, vegana) porque apenas terminó de leer por quinta vez el mail del director ya tenía otro en el que aparecía ella como remitente bajo el título de *Practicalities*. Jane volvía a felicitarle por su artículo de la misma manera formal en que ya lo había hecho su jefe y le adjuntaba en PDF un diccionario unificador de términos físicos. Le recordaba también, aunque estaba segura de que conocía «perfectamente la publicación», que debía enviarles cuanto antes, en las siguientes dos semanas, una autobiografía de entre trescientas y cuatrocientas palabras. No le cabía duda de que conocía el estilo de la revista, pero por si acaso adjuntaba también en PDF dos ejemplos modélicos. No se trataba, repetía, de un currículum académico, sino de un autorretrato informal: *an informal self-portrait*.

Marcos conocía de sobra las famosas «autobiografías de la *Review of Modern Physics*». Eran casi una ley no escrita en el mundo de las revistas internacionales de física; cada una quería tener su pequeña excentricidad. Las autobiografías a las que se refería Jane eran unos textos que el propio científico debía escribir y que estaban situados en la revista justo antes del texto teórico. No había ningún criterio estricto más allá de aquel del número de palabras al que había aludido Jane; podían estar escritos en prosa, en verso y hasta en forma dialogada, y tenían que tratar sobre la vida del científico. Eran en realidad, como bien había puntualizado Jane, una especie de *autorretrato* literario. Marcos estaba familiarizado con aquellos textos desde su época de estudiante porque cuando consultaba la revista la mirada ociosa siempre acababa buscándolos como delaciones del estudio, eran pequeños fragmentos o chispazos de intimidad ajena, una manera forzada pero no por eso menos efectiva de compensar la frialdad de una revista estrictamente científica. Y funcionaban. Entre otras cosas porque los físicos podían ser todo lo excéntricos que se quisiera, pero también se lo tomaban muy en serio.

Marcos abrió de inmediato los dos ejemplos que le había enviado Jane. El primero era de un célebre físico cuántico indio, Shankar Whosir, y se trataba de un largo poema:

Vengo y voy como el escalofrío en la desnudez,
caudaloso como un río,
rujo como león hambriento
y corro como la gacela.

Marcos pensó que ya sólo le faltaba decir que madre no hay más que una, que los negros llevan el ritmo en la sangre y que todo se arregla menos la muerte para completar la lista de tópicos universales, pero siguió leyendo distraídamente el poema y los últimos versos se revelaron de una gran belleza:

Al anochecer mi padre se convirtió en anciano
y en la habitación se petrificó el rostro de mi madre.
Me acordé de mi infancia cargada de enfermedad,
me acordé de los juegos sigilosos del jardín,
*   [bajo las estrellas,*
y de cuando alimentaba ratas en el patio invadido
*   [por el crepúsculo.*

Lo releyó varias veces, tan asombrado por la belleza de aquella imagen de un niño enfermo que juega a alimentar las ratas que le pareció que había sido envuelto por una especie de fábula india.

El otro ejemplo que enviaba Jane era el de una científica yanqui, Margaret Wespon, y decía:

Mi nombre es Margaret Wespon y nací en 1945, en un lejano rincón del estado de Arkansas, Benton County, en un lugar de cuya localización exacta nunca he estado verdaderamente segura. Por allí pasa una línea de tren de Oklahoma, eso lo sé con seguridad. Mi familia vivía en el campo, eran originariamente protestantes irlandeses, hoy están dispersos por todo el país. Mis padres, por supuesto, han fallecido, eran ya viejos (para la época) cuando me trajeron al mundo. Si vivieran hoy, tendrían más de ciento veinte años. Me he casado dos veces, una con un amigo de la infancia, Richard Donovan, con quien tuve un hijo que se marchó con su padre porque el matrimonio no funcionó más que dos años, y otra con William Spring, con quien he tenido tres hijas, una de las cuales, Jeanette, murió el pasado verano de leucemia. Vivimos en Mississippi la mayor parte del año en una vieja casa que perteneció a la familia de mi marido. Con nosotros vive también nuestra nieta de cuatro años, Jennifer, hija de Jeanette. Fui una mujer ambiciosa en mi juventud, ahora sólo quiero tener tiempo y presupuesto para mis proyectos y que me dejen moderadamente tranquila. Creo que eso es, más o menos, todo.

Desde luego se podía decir que Jane había elegido muy bien sus modelos, pensó Marcos desanimado y apagando el ordenador. La vida de aquella Margaret Wespon bailaba a su alrededor con aquel fantasma de una hija muerta y una

25

vieja casa que había pertenecido a la familia de su marido. Comenzaba a darle cierta angustia tener que redactar un texto parecido, *an informal selfportrait*. Le daba la sensación de que podía ver su propia cara en un busto, pero realizado en un material poco noble: barro, plastilina, puré. *Marcos Trelles* –pensó de inmediato con voz impostada y venciéndose a la dolorosa tentación de autohumillarse un poco– *pasó su infancia entre pepinillos de Valladolid, berenjenas en vinagre de Membrilla y sardinas en escabeche del Cantábrico, de ahí su inclinación por los misterios de las ciencias físicas y su deseo de huir de Toledo.*

Aquello no iba a ser nada fácil.

Vivían en la estación de metro Antonio Machado, en un barrio de clase media construido a mediados de los setenta al que algún funcionario bromista del ayuntamiento de Madrid había dado un nombre de serie de ciencia ficción: Saconia. Habían elegido aquel barrio porque había un parque cerca, estaba a cinco minutos en coche de la Ciudad Universitaria y era un poco más económico que vivir en el centro. La casa era luminosa y alegre, justo lo contrario que el barrio, que era laberíntico y alambicado. Todos los que iban a la casa por primera vez se quejaban llamando desde calles que en no pocas ocasiones Marcos y Nuria oían por primera vez en su vida a pesar de llevar viviendo cuatro años allí. A Marcos le gustaba que fuese difícil dominar aquel barrio de ladrillo anaranjado. También le agradaba volver a casa caminando desde la universidad, un paseo de media hora larga en el que atravesaba el parque que en primavera estaba floreado de almendros y en invierno, cuando llovía, brillaba bajo el verde intenso de unos pinos chatos y retorcidos. Tenía un olor intenso a pino, a jara y a romero que podía llegar a ser sofocante en verano y que ascendía desde el suelo con la humedad en las épocas de calor cuando encendían los aspersores.

Los viejos lo ocupaban todo al más mínimo rayo de sol. Eran los habitantes naturales del barrio, los «nativos», como los llamaba Nuria. Habían comprado las casas en las que ahora envejecían cuando se casaron a comienzos de los setenta y «todo esto era campo». Casi el cincuenta por ciento de aquella generación no se había movido del barrio. Un rayo minúsculo de sol y a Marcos le parecía que aquellos jubilados de clase media salían de debajo de las piedras o brotaban bajo los almendros. No se parecían en nada a los jubilados de la España rural, éstos eran juveniles, montaban en bicicleta y sacaban a pasear a unos nietos que por muy poco habrían podido parecer sus hijos. La petanca había quedado para la historia, ahora se aproximaba una vejez inmortal, los veía correr a su lado afilados y esbeltos como cuchillos de marca.

Era un atardecer precioso de invierno. La luz envolvía el parque como el descenso de una deidad benigna sobre aquellos viejos adolescentes. Las palomas eran el único signo de porquería urbana, el resto estaba compuesto por señales promisorias y amables; el atardecer rosado madrileño con la sierra al fondo, los gorriones, la ciudad parecía concentrarse y dar toda la belleza de que era capaz.

Le conmovió que Nuria llorara esa noche cuando le dio la noticia de la publicación. Era cierto que él había sido un poco responsable de aquellas lágrimas, que le había añadido a la noticia un gran aparato teatral; *tengo una buena noticia, una noticia excelente* y a continuación: *luego, cuando cenemos, no, ahora no, luego...* Antes de ir a casa había pasado por una tienda de delicatessen y había comprado un Ribera del Duero de cuarenta euros y un paté de pato prohibitivo.

Había tenido que dar una vuelta considerable porque en el barrio no había ni una sola tienda en la que pudiera comprar esas cosas. Desde que tenía conciencia de sí mismo Marcos sabía de su necesidad de exponer los momentos alegres y celebrativos de una manera teatral, como si la vida estuviese compuesta por largos periodos de sueño, de inactividad o de sosería moteados por esas geometrías físicas de alegría.

«¿Y todo eso?»

«Ah, es que ha habido una buena noticia.»

«Tiene que ser muy buena», dijo Nuria rascando la pequeña pegatina en la que todavía se podía ver lo que había costado el vino.

Y a partir de ahí: *luego, en la cena te la cuento, no, ahora no...,* hasta que Nuria perdió la paciencia:

«Como no me lo digas *ahora mismo* me voy a poner de mal humor.»

No sabía por qué evitó contarle lo de la pequeña autobiografía que tenía que escribir. Le pareció feo reconocer que llevaba toda la tarde angustiado pensando que tenía que entregarla en dos semanas y que no tenía la menor idea de cómo hacerlo. La noticia era extraordinaria, pero traía adjunta aquella borla puntiaguda y cuanto más la agitaba más le pinchaba de vuelta.

Se puso en cuclillas junto a la silla en la que Nuria estaba sentada, apoyó los brazos sobre sus piernas y le dijo que la *Review of Modern Physics* iba a publicar su artículo sobre el efecto de la luz en nanopartículas. Lo dijo muy despacio, como si el premio lo hubiesen conseguido literalmente juntos. A Nuria se le llenaron los ojos de lágrimas al sonreír. Marcos se emocionó tanto que casi se puso a llorar él de paso. Sintió cómo se le cerraba la garganta y por un instante estuvo seguro de que, si intentaba hablar él, tampoco iba a poder contener las lágrimas. Desde hacía muchos años el

asunto de la *Review of Modern Physics* era una broma privada, familiar.

«Eso será cuando yo publique en la *Review of Modern
Physics»,* solía decir cada vez que algo le parecía imposible,
y a fuerza de repetir aquella broma se había quedado estancada entre sus gestos, como una manera de compartir juntos
un infortunio menor y no por eso menos frustrante. Pero
lo que hacía llorar a Nuria no era tanto eso como la solidez
de una buena noticia en el contexto de un año un poco
triste.

Se bebieron el vino con placer y se comieron el paté con
unas tostadas, exagerando con muecas lo mucho que les
gustaba y lo extraordinario que era. El vino sí lo era de verdad. Comentaron que una señal indudable de que estaban
cumpliendo años era, por ejemplo, lo mucho que habían
aprendido a disfrutar de un buen vino sin caer en la aburrida pose del *connoisseur.* Marcos sentía ahora (era algo que
se había desarrollado en realidad durante los últimos años)
un placer que parecía generarse en los propios ganglios,
en el interior de la garganta y que presionaba desde allí
hacia el interior de la lengua y toda la boca. Había una re-
gresión a la infancia en aquel placer oral tan rotundo, como
si el camino natural para recibir el placer sólo pudiera ser
por la boca y hacia el interior del cuerpo. Hacía brotar el
temor de perder ese placer, un temor que nunca antes había
existido. Entendía la tristeza de ciertos viejos ante la prohi-
bición de tomar algunos alimentos y le maravillaba el privilegio del vino para retener los aromas pesados de la madera, los afrutados de las distintas especias, su *memoria.* Sí, su
memoria, ésa era exactamente la palabra.

«¿Y cuándo lo van a publicar?»

«Dentro de seis meses, en el número de primavera,
supongo.»

«¿No te lo han dicho?»

«No, en realidad no.»

«Y, entonces, ¿cómo lo sabes?»

Lo sabía porque había calculado que si necesitaban el texto del autorretrato en dos semanas debía de ser porque estaban preparando ya el número siguiente al que iba a salir dentro de un mes (ése habría sido demasiado pronto).

«No lo sé», añadió sonriendo, «en realidad no tengo ni idea, pero no creo que tarden mucho más.»

Nuria volvió a sonreír y de pronto se puso seria de golpe.

«Eres extraordinario, mi amor», y como él no contestó de inmediato lo repitió otra vez, para su vergüenza, «eres...»

«Tengo que contarte una cosa.»

«Qué.»

«Para que tampoco pienses que soy más extraordinario de lo que soy. Lo de la luz, el artículo, fue un accidente en realidad. Lo descubrí por accidente, mi ayudante me hizo un comentario y cambiamos..., no importa, sería largo de explicar.»

Marcos no sabía por qué había admitido aquello delante de Nuria, en realidad ni siquiera había planeado contárselo a nadie. Era consciente de que no era el primer físico que descubría algo gracias a una ayuda accidental y que no iba a ser el último tampoco. La cara de Marta surgió en medio de la nebulosa apacible de aquella tarde, como si reclamara algo, su nombre tal vez, no había citado su nombre. La recriminación apenas duró una centésima de segundo en su conciencia. Se esfumó de inmediato. Y, hablando con propiedad, los accidentes no existían, a uno le sucedían cosas más o menos imprevisibles, era cierto, pero también había provocado (y muy deliberadamente) el contexto en el que se podían producir.

«¿Sientes que eres un farsante o algo parecido?», preguntó Nuria frunciendo el ceño.

«En realidad no, pero me cuesta creerme un genio de la física», respondió él con una sonrisa.

Nuria no sonrió de vuelta sino que cogió la botella y se sirvió otro generoso vaso de vino, pensativa. A Marcos siempre le había gustado esa actitud de su mujer. La atribuía a su formación filosófica; cuando aparecía un nuevo elemento que cambiaba el escenario completo no se precipitaba, se tomaba su tiempo con cautela y atención. En Nuria pensar era una verdadera *acción* que tenía sus manifestaciones externas y palpables.

«Es más bonito así», concluyó.

«¿El qué?»

«Que lo hayas descubierto accidentalmente, es más bonito.»

No había condescendencia en el pensamiento de Nuria, sino más bien un excéntrico sentido de la justicia poética.

«¿Te parece?»

«Claro que sí. Implica una especie de humildad.»

«Y que lo digas.»

«No me refiero a eso. Míralo al revés; todo descubrimiento científico es un triunfo, ¿entiendes? Una manera de vencer a la naturaleza... Pero tú admites tu derrota y cuando la admites te haces más grande, no utilizas la física para sentirte como un detective, has tenido una intuición y luego... has tenido suerte, eso es todo.»

«Mira», dijo él.

«Mira», respondió ella, sonriendo.

El sexo fue lento aquella noche. Nuria se sentó sobre él y estuvo haciéndolo despacio durante mucho tiempo. A Marcos le parecía que estaba particularmente bonita bajo aquella luz nocturna, sentía girar la Tierra bajo la cama, como un compás descendente, manso y un poco herido. Cuanto más lento era el sexo más se exacerbaba esa idea de la herida.

El placer sexual era siempre una moneda blanca, iluminada y no había nada que les sentara mejor a los dos como hacerlo bien, sintiéndose presentes. La felicidad sexual tenía algo despreciativo del resto del mundo.

«¿Dónde estás?»

«Aquí, mi amor.»

«¿Estás bien?»

«Sí.»

¿En qué pensaba Nuria? No lo sabía con certeza pero su rostro tenía el aspecto que solía adquirir al recordar. Aquélla también era para Marcos una cualidad de las buenas noticias, hacía recorrer los malos tiempos en retrospectiva como si la mente se concentrara en su supervivencia y tratara de poner las cosas en un lugar razonable. El cuerpo de Nuria se ovilló contra el suyo para utilizarlo, a la vez, de parapeto. Él por su parte se puso a pensar en Francesco. Hacía mucho que no pensaba directamente en él, indirectamente pensaba muchas veces, sobre todo para no correrse cuando hacía el amor con Nuria y cada vez que comprobaba que salía de él un rechazo natural y constante por Italia y por todo lo que tuviese que ver con Italia. Jamás le había confesado a nadie que utilizaba aquella imagen del rostro de Francesco para evitar correrse. Habría sido, sobre todo, demasiado humillante. Y si la utilizaba, más que como un intento de humillarse a sí mismo (o de humillar a Nuria), era por una sola razón en realidad: porque resultaba espectacularmente efectivo. Asomaba aquella cara en la memoria, aquella nariz respingona y aquellos ricitos casuales y todo se retraía en él.

Nuria había sido su amante, había sido su amante, había sido su amante. Si se ponía a pensarlo con distracción acababa siempre repitiendo mil veces aquella frase que generaba en él una sorpresa y un escándalo tan radical como el experimento de las corrientes neutrales de SLAC en el acelerador de partículas de Stanford. Aquellos científicos buscaron una nueva teoría sobre la estructura de la materia, algo no muy distinto de lo que tuvo que hacer él con su imagen de Nuria cuando tres años atrás se plantó una mañana y le confesó que había tenido una aventura de dos semanas con aquel compañero del instituto en el que trabajaba en aquella época, un profesor de italiano. ¿Cómo se llamaba? Francesco. ¿Francesco qué? Francesco Mauratto. Francesco Mauratto.

«Francesco Mauratto. Francesco Mauratto», repitió en la memoria.

En un momento de fugaz cinismo y sintiendo todavía el ensoñado peso de Nuria en el costado (y la tersura de su desnudez, que en su caso siempre se producía como un efecto del espesor, su carne parecía más espesa, más compacta, sentía el calor de su pubis apretado contra el muslo), con el agradable retrogusto del vino aún en la boca, Marcos pensó que tal vez podría empezar su pequeño autorretrato para la *Review of Modern Physics* hablando de Francesco Mauratto.

Marcos Trelles, a quien su mujer engañó en el segundo año de su matrimonio con un profesor de italiano de instituto, un ligón de cuarta...

Es verdad que estuvo muy cerca de acabar con ellos, tremendamente cerca, que Nuria confesó sólo porque se sintió acorralada y porque le angustiaba la idea de que él lo descubriera primero, que fue humillante para todos pero especialmente para ella y que tardaron casi dos años en zanjar definitivamente la cuestión. Nuria tenía entonces treinta y tres años. Si Marcos miraba las fotografías de aquellos años le parecía que esa edad había sido para Nuria el auténtico esplendor de su belleza física. Antes del episodio de Francesco la recordaba como un rumor constante, a veces la miraba y casi no podía aguantar la tentación de preguntarle de todo corazón qué carambola de la suerte había provocado que una mujer como ella hubiese acabado con un hombre como él. Se sentía tan afortunado que hasta le cambió el carácter; pasó de ser un joven un poco acomplejado y callado a convertirse en un hombre recio, locuaz. Hasta esa época los complejos de provincias le habían hecho precavido y habían impedido que se excitara y se manifestara demasiado, pero el amor de Nuria le volvía fuerte, parlanchín y un poco atolondrado. Se casaron casi enseguida, en Toledo. Al principio Nuria tenía una sexualidad tan envolvente y avasalladora que Marcos se veía a sí mismo totalmente a la zaga. Luego no tardó en descubrir que el que de verdad tenía una sexualidad insaciable era él y que Nuria dependía de los vaivenes de su sentimentalidad. A ella el miedo a ser como su madre le daba una apariencia cerebral que no cuadraba bien con su verdadera naturaleza. Nuria quería ser resolutiva, lógica y analítica y sin embargo era excéntrica e intuitiva, pero la lucha por negarse todo lo que se pareciera a Marisa la convertía en una criatura contradictoria. Si hubiese tenido que compararla con un baile tal vez habría dicho que la vida de Nuria tenía algo del cerebral apasionamiento de un tango, de su imprevisibilidad y su floritura mezcladas con la rigidez y la tensión de la espalda y la cabeza.

La elección de la filosofía, por ejemplo. A Marcos le fascinó desde el principio la idea de estar acostándose con una filósofa, hacía muchas bromas sobre el asunto. Los primeros años recordaba haberle pedido que le recomendara lecturas y haberlas comentado con ella después. Creía recordar que hasta comenzaron un pequeño «curso elemental de Filosofía». Había un par de imágenes imprecisas de clases en medio del ruido atronador de una cafetería, en las que los dos intentaban seducir más que enseñar o aprender. No duró mucho, a él le interesaban los filósofos más sistemáticos y Nuria sentía inclinación por los menos científicos y más intuitivos; Simone Weil, María Zambrano, Nietzsche. Los filósofos poetas, los filósofos místicos, Lévinas, Husserl. Era el gesto radical en Nuria y le gustaba tanto como le atemorizaba. El mismo gesto que la había llevado a elegirle y a casarse con él era el que la había inclinado a estar dos semanas acostándose con Francesco Mauratto, ahora lo entendía mejor.

¿Podría comenzar su autorretrato para la *Review of Modern Physics* con esa escena en concreto? Era de una precisión temible: la mesa de la cocina, aquella plaga de hormigas que aniquilaban y renacía de sus cenizas cada cinco días como si, más que insectos, fueran una supuración del edificio, algo orgánico, una arteria, la mesa diminuta, las tazas con el café (la suya más pequeña, la de Nuria con una mancha de pintalabios en el borde), el cenicero lleno de colillas porque en esa época fumaban los dos, el bote de miel casi negra que habían traído de una excursión a Soria. ¿Qué era todo eso? Todos aquellos objetos tenían en su memoria una solidez calcárea. Había habido un par de premoniciones pero no tenía motivos para dudar de Nuria y no había dudado. Luego llegó a ver un mensaje en el móvil y preguntó algo, no lo recordaba en realidad, lo que sí recordaba era ese instante de la cocina, la tarde de comienzos de verano y que cuando se sentó volvió a mirar la hilera de hormigas que atravesaba la cocina y desaparecía debajo de la lavadora como algo casi amable a lo que pensó que podría llegar a acostumbrarse con el paso del tiempo.

«Se llama Francesco, trabaja conmigo en el instituto, también está casado. Ha durado sólo dos semanas y acabó hace diez días. No se volverá a repetir.»

Sintió un vértigo del estómago, una sensación increíble: todos aquellos objetos de sílice, de plástico, inmóviles, se quedaban donde estaban mientras su cuerpo caía en un profundo vacío. Nuria tenía el aspecto de llevar dos horas llorando, los ojos resecos, enrojecidos y restregados mil veces. ¿Qué le pedía esa mujer? Durante un instante incluso le pareció que podía ver aquel mismo rostro joven y anegado por la culpa como si fuera un rostro viejo; los labios hinchados, una línea blanca finísima enmarcándolo en ¿dónde? En el vacío mismo, ya ni siquiera existía la cocina, pero aquel rostro anciano seguía siendo el rostro de su amor.

«¿Me estás diciendo que te has follado a un tipo del instituto?»

«Sí.»

La vejez era blanca. Enmudecida. Las hormigas se afanaban. Algunas llevaban diminutas miguitas blancas. Enormes hogazas de pan, descomunales masas de espuma de miga.

«¿Y por qué me lo estás contando?»

«Pensé que lo sabías.»

«No, no lo sabía», y tras unos segundos, «¿por qué lo tendría que saber?»

«Pensé que te había llamado Francesco.»

«¿A mí?»

«Sí.»

«¿Te dijo que me iba a llamar?»

«No exactamente.»

«¿Te amenazó con llamarme o algo parecido?»

«Algo parecido.»

«¿Qué significa exactamente *algo parecido?*»

«Sí, me dijo que te iba a llamar, que a lo mejor lo hacía.»

La escena se estancaba ahí en la memoria pero él sabía perfectamente que no había sido así en la vida real. En la vida real (y la vida real era la solidez plúmbea de aquella cocina que de pronto le pareció envuelta en un calor insoportable) él caía en un delirio de interrogatorio, le preguntaba a Nuria si estaba enamorada de su amante.

«Al principio pensé que sí, ahora sé que no.»

«Ahora sabes que no.»

«Eso he dicho, ahora sé que no.»

«¿Cómo puedes estar tan segura?»

«Porque sé lo que siento.»

«Pero hace diez días no lo sabías.»

«Puedes intentar liarlo todo lo que te apetezca, Marcos, pero sé que no le quiero.»

Le preguntó dónde lo habían hecho por primera vez, qué día, si se había acercado ella o se había acercado él, cuántas veces lo habían hecho, en qué lugares, si lo habían hecho el primer día que se habían besado, quería detalles, tenía una enloquecida sed de detalles, gestos específicos y externos, no sentimentales, y si no hubiese parecido un loco le habría preguntado hasta qué ropa llevaba puesta cada uno de los días que se había visto con él. Nuria respondía a las preguntas sin indagar en ellas y sin dar más detalles que los estrictamente necesarios. Parecía haberse impuesto mentalmente a sí misma aquel castigo y lo hizo sin dejar de mirar fijamente el borde de la taza de café.

«Mírame a la cara», dijo él.

«Ya te miro», respondió ella, mirándole fijamente.

De pronto le avergonzó aquella mirada de Nuria. Quería saber porque estaba herido pero sobre todo porque era la única forma mínimamente científica de asumir una situación como aquélla. Quería datos porque estaba celoso pero también para que la fórmula de la solución fuese precisa. Estaba triste y se sentía como un trapo pero lo que provocaba aquel mareo no era ni la tristeza ni la vanidad vapuleada sino el puro y simple desconcierto, la seguridad de que aquel rostro lloroso, hinchado y afeado por las lágrimas seguía siendo el rostro de su amor y la necesidad imperiosa de entender qué mierda estaba pasando.

Recordaba que habían caminado por la casa arriba y abajo, que habían bebido agua y media botella de vino que quedaba en la nevera, que se habían fumado medio millón de pitillos, que incluso habían llegado a estar un momento tumbados juntos en la cama, abrazados, que él se había levantado y se había dado una larga ducha, una ducha interminable que pretendía ser purificadora y de la que había salido más aturdido de lo que había entrado.

Era extraño, no servían de nada la cultura ni los libros leídos, ni las películas vistas, ni la filosofía, ni los casos parecidos, ni aquella vez que-estuvo-a-punto de suceder algo parecido, ni siquiera le servía su antigua experiencia del desamor, no servía de nada ningún tipo de información acumulada fuera de la naturaleza que fuera, tenía la sensación de que estaba obligado a comenzar aquel aprendizaje de una manera penosa, desde cero.

«¿Tú me quieres?», le llegó a preguntar Nuria a él en medio de aquella tarde surrealista.

«Por supuesto que te quiero.»

«No lo parece.»

Y entonces explotó:

«¿Me estás preguntando *tú a mí* si te quiero? ¡¿Cómo tienes el valor de preguntarme *tú a mí* si te quiero?!»

Tuvo la sensación de estar teatralizando un poco su escándalo sólo por dar la sensación de que estaba sintiendo algo. Puede que fuera disparatado que ella le reprochara a él falta de amor, pero lo cierto era que no conseguía relacionarse sentimentalmente con lo que estaba ocurriendo, estaba lejos en realidad, no estaba allí. Casi no se había dado cuenta pero al gritar había reventado también una copa de vino contra el suelo. Nuria se había quedado paralizada. El miedo de ella le serenó un poco. Las hormigas seguían su camino como siempre, tal vez un poco más rápido que de costumbre pero en la misma sinuosa curva y cargando sus adoradas espumas gigantes de miga de pan. Esquivaban los trozos de la copa sin esfuerzo y hasta los palpaban con sus antenas, esos espejos gigantes. Se sentó de nuevo.

«¿Por qué te acostaste con él?», preguntó al fin con tristeza.

Nuria tardó en responder. Era una pregunta humillante. También la respuesta lo fue pero en aquella ocasión Nuria le miró directamente a la cara, no se escondió, y él reconoció esa mirada a la perfección, era su mujer, no era ninguna desconocida.

«Porque me calentaba. Supongo.»

¿Podía hacerse? ¿Podía comenzar su autorretrato ahí, en esa frase concreta de Nuria, en ese reconocimiento vencido de la verdad? Había aprendido más con aquel gesto de su mujer que con dos años de convivencia y miles de horas de conversación. Era como un pájaro que caía en picado hacia la tierra y, a punto de chocar, se levantaba y se alejaba en la luz.

O tal vez podía empezar con otro episodio, cuando dos días después llegó a casa y se encontró un poema encima de la mesa de la cocina, apenas dos versos. No recordaba quién era el autor pero estaban dirigidos a él y Nuria los había copiado con su letra de araña, su caligrafía nerviosa:

Amor que duras en mis labios,
amor que duras: llora entre mis piernas.

39

«¿Te acuerdas de aquel poema?»

«¿Cuál?»

«Uno que me escribiste con todo aquello de Francesco, ¿te acuerdas de Francesco?»

Nuria levantó la cabeza de su pecho con el mismo gesto de sorpresa que si le hubiese preguntado por la guerra francoprusiana. Seguía desnuda pero se había tapado un poco con las sábanas. Estaba medio adormilada. Era el mismo cuerpo de siempre, su cuerpo rendido, moreno, suave, tres años mayor ahora, y sin embargo no había cambiado en nada su forma de dormir, las piernas recogidas, la cabeza levemente hundida en los hombros.

«Un poema que me escribiste una vez, pocos días después de que pasara todo. Me lo dejaste en la mesa de la cocina, ¿no te acuerdas?»

«No, no me acuerdo.»

«Lo guardé mucho tiempo y luego lo perdí, no sé qué hice con él.»

«¿Por qué piensas en eso ahora?», preguntó medio dormida.

«No tengo ni idea», respondió él.

Un par de minutos después apagó la luz. Lo último que escuchó antes de quedarse dormido fue el cuerpo de Nuria acomodándose entre las sábanas.

La infancia, ¿por qué hablaba todo el mundo de la infancia?, pensó Marcos tres días más tarde cuando se sentó a echar un vistazo a las autobiografías de la *Review of Modern Physics*. No se podía decir de la suya ni que hubiese sido alegre ni que hubiese sido trágica, o más bien sí lo había sido, trágicamente aburrida, de un aburrimiento que sólo parecían poder emanar las medievales calles de Toledo y estacionarse en la plaza de la catedral durante los fines de semana (de buen tiempo) en que llegaban los autobuses de turistas, los japoneses, los alemanes, los yanquis, aves de paso de lenguas cantarinas que acababan llevándose a casa una espada medieval o una armadura reducida o una colección de cuchillos de Toledo, los mejores del mundo. Aburrimiento de la piedra de afilar y del sol vertical, aburrimiento sádico y castellano en el que el mundo parecía cuadrarse ante la meseta como si fuese la mayor lentitud que pudiese soportar la paciencia humana.

Su madre era corriente, sosa, en su juventud había sido una robusta belleza toledana. Durante toda la infancia Marcos había sido incapaz de sentir nada por ella aparte de la sensación perversa de estar decepcionándola en todo que acabó provocando en él primero una tristeza un tanto humillada y luego una indiferencia en la que los dos se esquivaban siempre que podían. Recordaba un episodio de la adolescencia, una tarde en la que tuvieron que hacer un viaje en tren los dos solos: la eternidad del silencio, los comentarios formales. En la edad adulta esa incapacidad de sentir nada se había convertido en enfado y hasta rencor. Su madre comía, bebía, se sentía bien, era una gallina bien alimentada y moderadamente egoísta. Pasaba las horas muertas frente a la televisión. La televisión le robaba sus actos y ella no dormía, parecía una efigie, una serenidad muerta. O más aún: una alienígena que sólo en ese momento de pasiva quietud se estuviese comunicando gracias a la televisión con su verdadera familia mercuriana. Marcos no conocía absolutamente a nadie que viera la televisión como lo hacía su madre, con aquella rendición absoluta e incondicional del alma. De cuando en cuando le causaba un poco de remordimiento no sentir nada por ella, pero ella tampoco parecía sentir por él ningún interés real, o al menos ningún interés que no le reportara a ella algún beneficio personal o social. El único misterio con respecto a su madre era que hubiese elegido a su padre como marido, pero el misterio se resolvía cuando se comprobaba lo trabajador que era. También ella lo era. Había buscado (y encontrado) a un hombre que la acompañara en ese proyecto vital de trabajo sin descanso y comas temporales frente a la televisión. Eso sí, su padre se acababa levantando siempre del sofá, sólo quedaba ella, como un gavilán de mirada amarilla, absorbiendo la luz todopoderosa de la pantalla.

Su infancia no se parecía en nada a la de aquellos físicos compañeros de la *Review of Modern Physics,* olía poco a limoneros y mucho a vinagre, tenía el brillo del pimentón en el cuenco de las berenjenas, el fulgor de las aceitunas de Camporreal de un verde tan brillante como si las hubiesen barnizado, las aceitunas «pochadas» con su tinte oscuro y su sabor firme, el acuario cuadrado con un compartimento de patatas fritas, el aceite resbalando por la bolsa de papel de estraza, el pan, el maíz a granel, los panchitos, los kikos, el atún en escabeche, las sardinas, las latas de fabada, el frío de las latas de mejillones y de espárragos, de la luz amarilla de *Variantes Trelles* en el cartel que había diseñado su propio padre, lo recordaba todavía, una noche, con la escuadra y el cartabón de su clase de dibujo técnico.

¿Qué había en todas esas latas, en todas esas estanterías? Una sucesión de esferas amarillas, una espesura de ojos en formol que le hacía guiños cuando no miraba nadie como si le quisieran recordar que aquello, todo aquello, sería *suyo* algún día, más que como un signo prometedor como una especie de maldición azteca.

Marcos Trelles recuerda de su infancia la vergüenza ajena que sentía cada vez que alguien salía de la tienda de variantes de sus padres y escuchaba a su padre decir «Hasta lueguito».

Y las veces que en el colegio se despedían de él con un «hasta lueguito» a sus espaldas y una nube de carcajadas. Esa frase construida y sólida como una estructura atómica formó su carácter de los cinco a los diez años y todavía hoy, treinta años después, cuando vuelve de visita a su ciudad natal, tiene la cualidad de ponerle los pelos de punta.

Escribió la frase de un tirón en un cuaderno de notas. Luego tachó diez años y puso trece. A continuación escribió «Hasta lueguito» en una columna a la izquierda de la página y siguió escribiendo «Hasta lueguito» debajo hasta veintidós veces. Marcos se quedó mirando la columna de *hastalueguitos* durante un buen par de minutos y a continuación comenzó a escribir otra columna y otra más, hasta que cubrió la página entera de *hastalueguitos*. Cinco columnas, lo que daba un total de ciento diez *hastalueguitos*. Ciento diez *hastalueguitos* eran un edificio completo, una piedra, un organismo. Endurecida por su condición nuclear, esa piedra de *hastalueguitos* podía ser estudiada con más eficacia. Emanaba de ella algo muy cercano al resentimiento pero también a la alta comedia, algo rojo y áspero de un lado y sutil y rosado de otro, como un intestino.

¿A quién podía reprocharle que su padre fuese tan afeminado? ¿A sus abuelos? Su padre era, seguía siéndolo todavía, afeminado como una cuajada espumosa. *Hastalueguito* no era en realidad más que la punta del iceberg, pero en esa punta se concentraba la descomunal masa de algo que no se perdonaba así como así en una ciudad como Toledo en los años ochenta.

Recordaba mirarle. Lo recordaba como si fuese simultáneamente una acción estática y furtiva, como un cazador mira a una presa escondido entre los helechos cuando se dispone a disparar y observa con atención su gesto en el óvalo acristalado y diminuto de la mirilla. Se agachaba a recoger unas cajas o subía a la escalera de madera para recolocar unos botes y se quedaba mirándole desde allí como si en el corazón del afeminamiento de su padre hubiese un misterio. Le parecía que aquellos gestos suyos eran como habitaciones, bóvedas vacías, que estaba lleno de aire.

«Hasta lueguito.»

En la tienda sólo le miraba a él. ¿Podía comenzar así su pequeño autorretrato para la *Review of Modern Physics:* con la imagen de su padre visto desde abajo, el dibujo de su perfil al inclinarse para abrir la trampilla de la nevera? Le parecía que se hundía en el signo vacío del blando rostro de su padre buscando un puente, un parecido, o temiendo tal vez que se manifestara cualquier día, de pronto, como una roncha cuando se ha dormido en una casa de campo, se levantaría de la cama y sería así, como él.

Marcos recordaba que los caminos que elegía su padre para demostrarle su amor y los que elegía él para hacerle entender que también le quería eran tímidos. Si alguna vez le descubría mirándole con orgullo sentía que se ruborizaba, como si una mujer le hubiese descubierto espiando. Cuando le mostraba afecto en público le esquivaba en silencio. Y lo cierto era que le quería. Le dolía que se rieran de su afeminamiento, le dolía que susurraran «hasta lueguito» con sorna y en una ocasión se llegó a pegar con un compañero de su clase por ese motivo. El miedo, sin embargo, era más veloz que él y que su amor, iba como los catarros bajo los abrigos, como una película de aire frío toledano, le perseguía y se le metía dentro de los huesos. Al llegar a casa le esquivaba entonces sin saber por qué, fingía que tenía sueño o poca hambre y se atrincheraba en su cuarto. Le oía hablar con su madre con su voz de pájaro y el siseo de las babuchas recorriendo el pasillo.

Ocurrió cuando tenía trece o catorce años. Salía en aquella época con una chica del instituto llamada Maite.

Estaba enamorado de ella como un morfinómano; si pasaba más de veinticuatro horas sin verla se le nublaba la cabeza. Él quería perder la virginidad con desesperación, ella era cariñosa por cobardía, pero le quería bien. A veces se iba a casa, después de que pasaran media hora besándose en cualquier banco, con una erección dolorosa y sintiéndose extraño de vivir, como si el enamoramiento fuera parecido a una maldición en la que alguien introduce a otro una serpiente por el oído mientras está durmiendo. Maite lo había hecho, pero era cursi y cantaba canciones de Chavela Vargas con una voz tan dulce que perdían toda la gracia, y eso, quién sabe por qué, le mantenía a una distancia prudencial. Tenía una piel muy blanca y unas tetas que él imaginaba como El Dorado y que ella disimulaba con unas camisetas enormes. Tenía también la fea costumbre de tratarle como una madre o una hermana mayor, como si ella supiera mucho y él poco, una excusa para desactivar sus ataques sexuales, que cada día que pasaba eran un poco menos sofisticados y más abiertos.

Durante una de aquellas tardes frustrantes, después de que él le pusiera por enésima vez la mano en la teta a Maite y Maite se la quitara, encendieron un cigarrillo juntos y se pusieron a charlar primero de las clases, luego de las vacaciones de Navidad y al final...

«¿Te puedo preguntar una cosa?»

«Claro.»

«Te lo pregunto con todo el cariño.»

«Sí.»

«Tu padre...»

«¿Qué pasa con mi padre?»

«¿Tu padre es homosexual?»

Recordaba los párpados de Maite, la sombra violeta en esos mismos párpados que si hubiese sido un poco menos caballeroso le habría hundido en aquel instante de un puñetazo, moviéndose por la sorpresa y con cierta coquetería. Fue como sentir en la oscuridad la dimensión de una herida que ni siquiera sabía que existía, como comprobar precisamente el desprecio que sentía por aquella muchacha, y que ya no tenía vuelta a atrás.

«¿Por qué preguntas eso?»

«Porque lo dice todo el mundo», respondió Maite, «yo no soy como los demás, yo prefiero preguntártelo a ti. Yo te quiero.»

Se puso de pie. La suavidad, la ligereza de ponerse de pie y verla allí sentada en el suelo, el imán del silencio, ella diminuta. El gesto desdichado y patético con que ella le miraba dándose cuenta de que había ido demasiado lejos por pura frivolidad.

«No vuelvas a dirigirme la palabra.»

«Pero...»

«¡¡Me has oído perfectamente!!», gritó. Aparte de la indignación de su pregunta, gritaban seis meses de relación con aquellas frustrantes tetas escurridizas. Maite frunció primero los labios, luego las cejas y a continuación se levantó de un salto e intentó darle una bofetada que él esquivó a tiempo.

«¿Y tú? ¿Quién te has creído que eres *TÚ*?»

Jamás en toda su vida había escuchado ese pronombre tan cargado de odio. No respondió nada y ella se alejó a paso rápido. Marcos pensó entonces por primera vez algo que pensaría siempre cada vez que viera alejarse de él a una mujer de aquella manera; una sensación de ternura y vaga indiferencia al comprobar que las mujeres perdían su porte digno justo cuando más lo necesitaban y que jamás había visto a una que se alejara indignada que no pareciera a la vez un poco ridícula. Pero esa misma noche se dio cuenta de que Maite le había herido más de lo que pensaba. Ya no podía sentir odio hacia ella por mucho que hubiese dejado de quererla de modo fulminante, en realidad sentía odio hacía... ¿qué? Todo lo que antes había estado flotando a su alrededor como un plasma difuso y abstracto se concretaba de pronto, tenía palabras, las palabras habían sido pronunciadas y ya no se podía hacer como si eso no hubiese sucedido.

Esa noche al llegar a casa le evitó más que nunca. Le vio de perfil reclinado en el sofá delante de la televisión y pasó de largo lo más rápido que pudo sin atender al saludo distraído que le había mandado desde allí. Entró en su habitación y convenció como pudo a su madre de que se encontraba muy mal, que no quería cenar nada, que pensaba que tenía fiebre.

«Tú no tienes fiebre», dijo su madre poniéndole una mano como un saco de arena sobre la frente. Veinte minutos de torpe discusión más adelante estaba tumbado en la cama con la luz apagada, envuelto en la oscuridad, sintiéndose el adolescente más desdichado de Toledo.

Al día siguiente de camino al colegio hizo una insensatez. «Si cruzo la calle y no me pasa nada es que mi padre no es marica», pensó. Un pensamiento eléctrico. Era una calle estrecha pero por ella pasaban coches con frecuencia. Cerró los ojos un par de metros antes de llegar, apretó los dientes. La oscuridad se llenó de ruidos urbanos y se despertaron el resto de los sentidos en una alerta vertiginosa. Al sentir cómo bajaba el escalón de la acera le subió a la nuca una nube de adrenalina gélida y cruzó la calle en tres pasos firmes en los que el tiempo estuvo detenido y su cuerpo tan rígido como si estuviese esperando el impacto violento y salvífico de un coche. No sintió nada. Ni siquiera la remota cercanía de un coche, pero cuando abrió los ojos al otro lado estaba temblando. Le parecía que tenía las venas llenas de ácido. Sintió que le daba un espasmo, una especie de hipido. Luego se puso a llorar y se metió en el cuarto de baño del primer bar que se encontró hasta que se le pasó el sofoco. Se lavó la cara, una cara en desequilibrio, los párpados pesados y en el espejo los ojos clavados dentro de los ojos.

El día no se acababa nunca. A medida que transcurrían las horas iba poniéndose nervioso de nuevo. En el último de los descansos se sentó un segundo en la banda del campo de fútbol y al darse la vuelta vio cómo Maite le miraba. Se acercó resuelta. Todo su amor se había disuelto de un plumazo, le miraba augusta y distante como a un insecto.

«Eres un mierda», dijo nada más llegar.

«Bueno.»

«Qué ciega estaba para no ver lo mierda que eras.»

Si no perdió la calma ni le contestó no fue porque tuviera la situación bajo control sino porque su pensamiento estaba en realidad muy lejos de ella.

«Yo no me veo con mierdas, ¿me entiendes?»

«Claro.»

Maite se desesperó de pronto y se acercó a él, casi preocupada de nuevo.

«¿Tú estás tonto o qué te pasa?»

Regresó a casa mirando los edificios, un gesto que todavía conservaba en la edad adulta cuando estaba angustiado o con la cabeza demasiado perdida en un problema, parecía que estaba buscando algún ático para alquilar. La crueldad era eso, el destino era eso, pero cuando abrió la puerta de casa sintió que de nuevo la realidad adquiría una velocidad vertiginosa, como había sucedido cuando cruzó a ciegas la calle. Escuchó a su padre en el cuarto de estar y se dirigió hacia él ya sin pensar. Agarró el pomo con resolución y abrió la puerta. Tenía trece años y dos meses.

«¿Eres marica?», preguntó.

Su padre se dio la vuelta con una lentitud casi teatral.

«¿Cómo has dicho?»

«¿Eres marica?», repitió casi temblando.

«No, ¿y tú?», respondió su padre entendiendo toda la situación de un golpe y con cierta sorna.

«No.»

Hubo un pequeño silencio acompasado por la música constante del reloj de pared. El sonido del segundero les dejó en una situación ridícula, como si uno de los dos estuviera buscando una respuesta en un concurso cronometrado.

«¿Tienes algún interés especial en que lo sea?», preguntó su padre sonriendo.

«No.»

No le gustaba que se estuviese burlando de él, pero la actitud de su padre hizo que el cuarto de estar se volviera de pronto más amplio, más respirable.

«En ese caso ninguno de los dos somos maricas, parece ser.»

«Sí, eso parece», respondió él.

«Demos gracias a la Virgen de los Remedios.»

Hubo unas centésimas de segundo de suspensión nerviosa y luego se rieron los dos, más por incomodidad que porque se hubiesen relajado realmente. Cambiaron de tema de inmediato.

Resultaba extraña la forma en la que aquel recuerdo se había situado en la memoria de su adolescencia como un episodio feliz. No se trataba de que hubiese supuesto el fin de la sospecha de que su padre fuese gay, todo lo contrario, a sus cuarenta y tres años Marcos estaba más convencido que nunca de que a su padre le atraían los hombres, pero durante aquellos instantes sintió como si se hubiese extendido entre los dos un vínculo indisoluble, una verdadera complicidad, un instante de gracia.

Marcos Trelles —escribió muy despacio en su cuaderno— *entendió que los elementos dados no modifican nuestra apreciación del mundo sino las condiciones en las que se nos da esa información, cuando su padre le dijo que no era homosexual. Treinta años después su padre se empeña en no salir del armario y van quedando menos personas a las que reprochárselo. La cobardía es conmovedora hasta cierto punto.*

Nuria habló por fin. Había estado acercándose durante toda esa semana como si estuviese a punto de confesar y en el último instante algo la obligara a retraerse. Es probable que si Marcos la hubiese animado lo hubiera hecho antes, pero lo cierto es que había estado demasiado agobiado con su autorretrato informal. Lo había empezado ya al menos veinte veces. Había intentado casi todo, desde pequeñas anécdotas de la infancia hasta los primeros experimentos de laboratorio, había llegado a escribir uno sobre Raquel, aquella amante de su época de la universidad. Lo comenzó de una manera distraída intentando describir su rostro; su perfil delicado, los ojos pardos, el pelo castaño, aquel cuerpo de bailarina. Casi nunca pensaba en Raquel, pero cuando lo hacía se veía envuelto inmediatamente en una especie de perfume sexual que precipitaba en dos o tres nítidas imágenes de su cuerpo desnudo haciendo el amor, inclinada sobre él y luego de espaldas, en una cama de invierno. El hecho de no ser capaz de describir bien ni siquiera el cuerpo de aquella chica que había flotado en su primera juventud como el epítome de lo sexual le produjo una sensación angustiosa; como si todo se estuviese disolviendo a su alrededor o en su interior. Hubo un par de ocasiones en las que estuvo a punto de contarle a Nuria lo del texto para que le ayudara a escribirlo, pero le disuadió la sensación de que también ella tenía que contarle algo y que no parecía que fuera nada bueno.

Y por fin confesó:

«Va a venir Abel.»

«¿A Madrid?»

Nuria asintió.

«¿Esta Navidad?»

Asintió de nuevo. No parecía especialmente contenta, le miraba más bien absorta e inmóvil.

«¿Y no estás contenta?»

Sonrió. Una sonrisa tímida y nerviosa, como si alguien le hubiese hecho cosquillas con una pluma en la comisura de la boca. Iba a venir Abel.

«¿No te alegras?», repitió.

«Cómo no me voy a alegrar, hace dos años que no le veo», y a continuación, tras una pausa y como si quisiese llevar la conversación hacia otro tema, «tenemos que arreglar la herencia de mamá.»

«¿Qué hay que arreglar? ¿No estaba todo a partes iguales?»

«Abel quiere venderlo todo.»

«¿Y nosotros no?»

Se le escapó aquel nosotros. Puede que desde el punto de vista legal estuviera en su perfecto derecho de utilizar el pronombre, pero en el mundo real el corazón de Nuria estaba lleno de túneles desconocidos, incluso para ella misma, y no le habilitaba en ese momento. En ese momento su presencia, la presencia de Marcos, no era más que una sombra imprecisa. Nuria le abandonaba al pie de aquel comentario, pero no de una forma egoísta sino sospechosa. Tenía miedo. Estaba dentro de ella. Era tan evidente que apenas se le podía tener en cuenta o sentir rencor.

«*Yo* no estoy segura, la verdad.»

«¿De querer vender la casa de tu madre? ¿Y por qué no?»

«Porque no.»

Nuria podía ser todo lo tajante que quisiera pero sabía que perdía la razón cuando se cerraba en una negativa redonda. Marcos pensó lo mucho que la irritaría a ella que él clausurara una conversación de ese modo y estuvo a punto de decírselo, pero se dio cuenta enseguida de que le estaba pidiendo secretamente que no se cebara. Podría haberse inclinado sobre ella y haberla besado, podría haber sentido la suavidad del cuello de Nuria en los labios una vez más, pero siempre que veía a su mujer de esa manera tenía la sensación de que nunca iba a ser capaz de entender el funcionamiento de las bisagras emocionales que articulaban sus reacciones. Era como ver el cielo, poder señalarlo y nombrarlo, pero ser consciente a la vez de que esa palabra no era más que un subterfugio para eludir otra cosa.

«Antes querías.»

«Antes no estaba segura. Ahora estoy segura de que *no quiero*», respondió ella sin acritud, como si sencillamente le informase de un descubrimiento que tal vez (nada indicaba que no fuera así) había hecho hacía muy poco. El cielo era la lámina azul, la ilusión óptica tras la que se escondía la inmensidad.

«¿Y qué te hace estar tan segura?»

Se sentó en el reposabrazos del sillón en el que estaba Nuria. Era domingo y las vacaciones de Navidad empezaban el martes. Esa mañana habían salido a dar un paseo por el centro y habían regresado a casa a comer. Nuria se había comprado un par de faldas de invierno y él la había estado mirando con placer a través de la cortinilla del probador de la tienda de ropa sólo por el gusto siempre renovado de verla desnuda en un probador. Y ahí estaba Nuria, en bragas y jersey, probándose la falda. Sintió placer sin sentir excitación, como si una gran parte del amor fuese estar de algún modo en el extremo de la mano, en un lugar disponible, en ese instante. Puede que el cielo fuera grande y azul pero también se podía abarcar de una sola mirada.

«Espera, que todavía no estoy», había dicho Nuria, y él: «Claro.»

La imagen de esa escena que había sucedido apenas hacía una hora se replicaba sobre esta en la que ella estaba sentada y él a su lado, pero sin llegar a tocarla, ¿era ésta un estigma de la otra o emanaba de ella más bien, como el temor emanaba necesariamente del amor? Alguien había pronunciado ya el nombre de Abel, eso lo cambiaba todo, ésa era la nueva geometría: un triángulo. Un triángulo tenía una base, se apoyaba, tenía superficie, aristas.

«Le he dicho que tal vez podríamos pasar los tres la Navidad en la casa de la sierra.»

«La casa de tu madre lleva cerrada desde...»

«Sí, ya lo sé», se adelantó Nuria.

Le desarmaba, sintió cómo se le caían los brazos, cómo se le destensaban los hombros y sin embargo en su rostro había una serenidad impúdica, como cuando la había mirado en el probador. Se había amistado con la idea de que su mujer llevara triste un año entero por la muerte de su madre, pero a costa de sentirse alejado, como quien mira distraído un reflejo luminoso sobre un lago en mitad de la noche sin tratar de adivinar su procedencia y sin asombrarse de su misterio.

«Me podrías haber preguntado qué me parecía a mí.»

«Eso es verdad, perdóname.»

«No pasa nada.»

Estaba derrotado de antemano, venía Abel, pero tampoco sabía qué era exactamente lo que hacía tan decisivo ese pensamiento. Abel era un experto en dejar la batalla sin resolver.

«Marcos.»

«Dime.»

«Prométeme una cosa, prométeme que me vas a ayudar a convencer a Abel para que no venda la casa de mamá.»

«¿Por qué?»

«Tú prométemelo.»

El tono de Nuria parecía tan angustiado que le conmovió. Olvidaba y recordaba de pronto que ella sufría todo el tiempo, sin descanso, que la imagen de Marisa estaba iluminada sin parar en esa gruta. ¿Qué lugar era ese en el que ella dialogaba con su madre día y noche?

«Me gustaría entenderlo un poco mejor, pero te lo prometo.»

«Gracias», respondió Nuria, y le besó agradecida, un beso intenso, seco y breve, como un tratado internacional muy deseado.

«De nada.»

«Él llega mañana, le he dicho que podíamos alquilar un coche y subirnos los dos, que tú tenías que dar clase hasta el martes. Así arreglamos la casa y la calentamos. También tendremos un par de días para charlar antes de que llegues tú.»

«Reunión en la cumbre, ¿eh?», dijo él tratando de sonreír.

«No te rías.»

«Tranquila», dijo. Era de lo primero de lo que se alegraba en realidad, de no tener que poner orden en la casa de su suegra.

Aquella noche transcurrió sin más incidentes, Nuria hizo la maleta para una semana y la dejó preparada junto a la cama. Durmieron con un poco de miedo a tocarse y se despertaron descansados y limpios, como si lo hubieran hecho todo muy bien, al menos todo lo que estaba en sus manos. Nuria se marchó inquietantemente emocionada y lo único que él acertó a desear cuando la vio salir por la puerta fue que no le hicieran daño, que no se estampara en aquella luminosa avioneta suya contra el acantilado de Abel.

Abel.

Abel Cotta.

Marcos recordaba la sensación que tuvo el primer día que Nuria le dijo que era hermana de Abel Cotta, la impresión de sorpresa, como si alguien le hubiese gastado una broma de no muy buen gusto. No hacía más de dos o tres días que Nuria y él se habían acostado por primera vez.

«¿Me estás diciendo que tu hermano es Abel Cotta?»

«Sí.»

«¿Y por qué no me lo habías dicho antes?»

«¿Por qué te lo tendría que haber dicho?», respondió ella riendo, *«Hola, qué tal, me llamo Nuria y soy hermana de Abel Cotta, ¿algo así quieres decir?»*

«No, algo así: Hola, qué tal, me llamo Nuria, soy hermana de Abel Cotta, *¿quieres acostarte conmigo?»*, corrigió él.

Se rieron. O no tanto. ¿Por qué le angustió saber que la chica a la que acababa de conocer y que tanto le gustaba era la hermana menor (y única) del payaso televisivo más célebre del país? Su primera reacción fue casi científica, durante los minutos que siguieron intentó rescatar de entre los deseados rasgos de Nuria los mismos rasgos que le habían hecho reír a carcajadas en el especial televisivo de Navidad de ese año. Y era verdad: estaban, pero de una manera tan velada o tan fija que lo que en una era una belleza formal y tranquila en el otro estaba al borde de una piafante fealdad. El parecido iba más lejos, no tardó en darse cuenta. Se trataba de algo casi cercano a un juego de vasos comunicantes, un flujo, como si cierta sustancia móvil fuese desapareciendo del rostro de Abel para entrar en el de Nuria.

El *sketch* más célebre de aquel año había sido uno en el que Abel estaba disfrazado de una cantante de copla española y fingía estar haciendo un anuncio para un colorante para paellas. El esquema era el clásico de un *sketch* de desmadre a la *americana,* pero con elementos de acervo español (la cantante de copla, la paella, el gitano con la guitarra). Abel se cebaba en la incapacidad de la cantante de copla para decir «paellador» (la supuesta marca del producto) porque era gangosa. Había más *sketches* y mucho mejores, pero desde hacía cuatro meses no había bar en España en el que no se le ocurriera a alguien cada cuarto de hora hacer una imitación de aquél en concreto. Se había filtrado en el alma del país como un auténtico episodio de hipnosis colectiva. Abel Cotta había *tocado* algo, una palanca nacional: la risa era colectiva y unánime, y tal vez por eso mismo un poco chusca y al final irritante porque ni siquiera él, que quería impresionar a Nuria por todos los medios, fue capaz de resistir la tentación de decir: «Paelladoooooor.»

«Calla, calla», respondió ella, con un gesto de desagrado tan evidente que a él se le congeló la broma en el acto, «es una tortura. No sabes lo que es ir por la calle con él. Un asalto constante. Yo ya le he dicho que no le acompaño más.»

«¿En serio?»

«El otro día quedamos para comer en un restaurante. No pudimos hablar más de dos minutos seguidos.»

Aquello fue hacía ocho años. Abel Cotta llevaba un año siendo el payaso más célebre del país e iba a serlo todavía otros dos, casi tres, más. Era difícil explicar el tipo de payaso que era Abel. No era, desde luego, un simple payaso costumbrista al estilo de los humoristas españoles que trabajaban en la televisión en aquella época. Incluso al principio, cuando sí hacía aquella clase de humor «tipista» (la señora gorda andaluza, el soldado de la legión, la sempiterna parodia del presidente del Gobierno o del Papa), no lo hacía a la manera en la que era habitual en el humor español, embistiendo contra la figura que se representaba como quien trata de reventar un muñeco, sino haciendo que el personaje que representaba (por muy simple que fuera) tuviese una dignidad añadida e inédita, algo que lo elevara por encima de su esquemática condición de bestia cómica. El personaje se acababa convirtiendo en doblemente cómico de esa forma, pero no por ser más digno sino por ser más imprevisible.

Abel era un humorista evidentemente español, no había ni un solo chiste que saliera de su boca que no implicara directa o indirectamente el sufrimiento de alguien, pero aun así media bien su termómetro de chabacanería escatológica y era mucho más inteligente que nadie que se hubiese dedicado al humor en España en la última década. Tal vez su verdadera innovación fue introducir algún elemento natural del humor inglés y añadir algún *sketch* más dialéctico o que exigía un público no tan elemental sin dejar por eso de ser popular. Fue, por ejemplo, el primero en utilizar otros idiomas en una parodia del presidente del Gobierno intentando aprender inglés que acabó siendo muy célebre. Eran los primeros años de la fijación educativa por aprender otras lenguas y casi no había ni que emplear la imaginación; bastaba con sentarse a observar con paciencia y los propios políticos acababan haciendo de sí mismos personajes cómicos. Y puede que fuera realmente así de sencillo, pero lo cierto es que fue el único en darse cuenta. Abel tuvo también la genialidad de entender una cosa: que España era en realidad un país fundamentalmente cómico, pero no porque tuviese una noción muy desarrollada de su sentido del humor sino más bien por todo lo contrario: porque no lo tenía y sí tenía, sin embargo, un extraordinario miedo al ridículo.

57

«Si tuviese la nariz medio centímetro más pequeña me costaría mucho más hacer reír.» Marcos recordaba haber leído aquello en alguna entrevista a Abel de esos años y se le quedó grabada en la memoria por alguna misteriosa razón, quizá porque tenía la fuerza de las verdades indudables, como si Abel hubiese sido un mago confesando el truco para hacer el tragasables. Abel no era sencillamente un feo «atractivo». Parecía tener con su propia fealdad un pacto un poco mefistofélico, la perseguía y cultivaba pero de una manera privada y sentimental. El resto de su cuerpo tenía la anatomía clásica del clown; era delgado, fibroso, de espalda estrecha y manos grandes, podía disfrazarse de mujer con una eficacia apabullante, pero era esencialmente masculino en todos sus movimientos.

Cuatro años de éxito arrollador. Cuatro años de programas semanales y, tras ellos, la hecatombe. Abel se esfumó como un Houdini de barrio cuando acabó todo, sacó un billete de avión a Colombia y se quitó de en medio dejando tras de sí una leyenda de la que se habló durante dos o tres semanas en la prensa y luego se quedó en nada. Nuria estuvo sin dormir un mes. La única que pareció entenderlo a la perfección y en el acto fue Marisa.

«Se lo van a comer.»

«Nadie se lo va a comer.»

«Van a ir a por él.»

«Nadie va a ir a por él. Ya volverá», dijo Marisa, «en realidad lo que me extraña es que haya tardado tanto.»

En el aire Marcos recordaba una especie de hedor a estafa, a timo. Todos (menos Marisa, tal vez) tenían la sensación de que les habían robado la cartera y cuando pensaba en todos parecía que fuera España entera la que se hubiese indignado con Abel, como si su desaparición fuese al mismo tiempo la demostración de una especie de insinceridad. Y de hecho lo era. Si se pensaba que lo sincero era su huida sólo se podía pensar que lo insincero era su estancia.

Cuatro meses más tarde sonó el teléfono desde Medellín y era Abel preguntando qué tal iba todo por ahí. Recordaba que él estaba en la cocina y Nuria en el cuarto de estar y cuando la vio hablar por teléfono (toda aspavientos y carcajadas a punto de convertirse en lágrimas) le pareció que exageraba un poco sus gestos externos, como si adoptase el no muy lucido papel de la madre masoquista que debería haber sido Marisa y sin embargo no era. Su rostro joven, su hermoso rostro, la bonita cara de Nuria afeada en aquel teatro. Fue la primera vez que sintió un auténtico rencor real, un verdadero odio por su cuñado, justo entonces.

Nuria tenía que estar viéndole en ese preciso instante en el aeropuerto. Y dentro de dos o tres días le estaría viendo él también, los tres seguramente atrapados bajo la nevada que acababa de anunciar el servicio meteorológico en la excéntrica casa de la sierra de su suegra, el plan era poco alentador y le deprimía casi más que la expectativa de tener que escribir su autorretrato informal para la *Review of Modern Physics,* aunque no se le escapaba que cada vez utilizaba más el pretexto del retrato para sentarse a escribir en su cuaderno y que había incluso cierto placer en escribir a mano aquellos pequeños textos que comenzaban invariablemente *Marcos Trelles...*

Marcos Trelles –comenzó a escribir, y luego echó un vistazo a su alrededor, era agradable estar solo en casa, la ausencia de Nuria en el aire, la manta deshecha sobre el sofá–, *Marcos Trelles es el cuñado del famoso humorista español Abel Cotta. Sirvió de inspiración (lejana) a su cuñado para elaborar uno de sus personajes cómicos menos conocidos y tal vez no el más logrado: el opositor de la comunidad de vecinos. Un hombre solitario que se opone a todo sin razón aparente y que descalabra siempre la posibilidad de un sistema democrático no por mala voluntad, sino por simple indecisión.*

Releyó la frase varias veces, le gustaba cómo había quedado.

Abel Cotta utilizó del Marcos Trelles (real) varios elementos definitorios de su carácter de aquellos años para construir el personaje: su manía de carraspear levemente antes de empezar a hablar en situaciones en las que había varias personas reunidas, su forma de cruzar las piernas, su despiste, su incapacidad para combinar los colores de la ropa y sobre todo su manera de repetir constantemente «Y eso es lo que hay» sin venir a cuento.

Sonrió. ¿Cuántos años hacía que no recordaba aquello? La sensación había sido parecida a la de encontrar una foto de la adolescencia accidentalmente en un cajón o entre las páginas de un libro. Y al igual que lo que habría sucedido si hubiese encontrado la foto, cuando terminó de escribir aquella frase sintió un reconocimiento eléctrico acompañado de una vaga extrañeza: reconocía aquel episodio, recordaba con nitidez lo mucho que le había hecho sufrir y sin embargo era incapaz de relacionarse sentimentalmente con él.

Y apenas recordaba haberlo comentado con Nuria o tal vez muy vagamente en una ocasión, la primera vez que lo vieron:

«Tu hermano ha utilizado mis gestos para hacer ese personaje.»

«Qué dices», replicó ella. Pero era demasiado evidente, de modo que se corrigió de inmediato y lo hizo sonriendo, para quitarle importancia: «Puede que sí, un poco. También ha cogido algún gesto mío para otros, lo hace constantemente con todo el mundo.»

«Eso no es verdad, ¿para cuál?»

«No sé, pero mira por ejemplo a mi madre, como si no hubiera cogido gestos de mi madre...»

Eso era radicalmente cierto. Abel había descuartizado hasta el último gesto de Marisa y lo había hecho como si se tratara de un asesino tratando de ocultar el cuerpo de su víctima: troceándola y desperdigándola por todos sus personajes para que no quedaran pruebas. Pero Marisa era indestructible. Él, sin embargo, no lo era. Lo primero que sintió fue en realidad un leve halago, como si hubiese estado viviendo en un lugar menos oscuro de lo pensado o como si algo imprevisible le emparentara con su cuñado; los dos eran en cierto modo fugitivos de la realidad, él porque la desmenuzaba, su cuñado porque la utilizaba para reír, los dos tenían un sistema parecido, se aproximaban a la realidad y la golpeaban, la ponían a prueba, la estudiaban y luego veían qué podían sacar de ella, y lo más importante de todo: ninguno de los dos parecía tener una idea muy clara del sentido de aquella incesante búsqueda.

Marta, la becaria de su equipo de investigación, apareció en su despacho de la universidad diez minutos antes de la hora que habían acordado enfundada en un plumífero fucsia que debía de estar de moda porque aquel invierno la universidad parecía pespunteada de aquellos fuegos fatuos con capucha. Abrió la puerta del despacho, se quitó la capucha fucsia, sorbió un poco el moquillo del contraste térmico y dijo «hola». Le pareció que desde la última vez que la había visto en Barcelona hacía poco más de veinte días había engordado de una manera preocupante, aunque también cabía la posibilidad de que se tratara sólo de la ropa de invierno. Le había llamado al móvil esa misma mañana, le había dicho que estaba en Madrid y que si se podían ver aunque sólo fuese cinco minutos. Marcos se había quedado muy sorprendido.

«¿Y cómo es que estás por aquí?», preguntó.

«Es que tenía que resolver unas gestiones.»

«¿No lo podríamos dejar para la vuelta?»

Intentó escurrir el bulto de una manera penosa diciendo que tenía que corregir prácticas y que al día siguiente se iba de vacaciones, dos cosas que además tenían la maravillosa cualidad de ser ciertas, pero Marta insistió tanto que no le quedó más remedio que aceptar y la citó directamente en el despacho. Más allá de la falta de tiempo, que no era tan grande, le atemorizaba ver a su becaria como si fuese la sibila; su pequeño rostro redondo y fijo, sus movimientos de criatura híbrida, su manera de caminar de escudero medieval, sus artefactos para limpiarse constantemente las gafas (que por alguna misteriosa razón permanecían constantemente sucias), todas aquellas cosas, no sabía por qué, eran como el activador de una mala conciencia. Pero mala conciencia ¿de qué? Muy sencillo, mala conciencia de no haber citado su nombre. Cuando Jane Hugson le preguntó si quería incluir en la autoría del artículo el nombre de alguno de sus colaboradores él había contestado que no. Tenía sus razones para ello; casi ninguno de los científicos que publicaban sus artículos en la *Review of Modern Physics* lo hacía. Es decir, la norma de la publicación parecía ser más bien la de no hacerlo. Y si todos sus colaboradores hubiesen sido como los otros dos becarios Marcos estaba seguro de que no se habría activado ni el más mínimo conflicto en su interior, pero se daba el caso de que no todos lo eran, de que estaba Marta y de que si no hubiese sido por ella jamás habría conseguido nada. Había estado a punto de decir el nombre de Marta pero no lo había hecho. Fue sencillamente una tímida retracción egoísta y un poco vanidosa, no tenía mayor importancia real, no había duda de que Marta lo iba a entender. En realidad el conflicto estaba más en su interior, en una especie de sentido del equilibrio de las energías, debería haber sido agradecido y generoso con aquello que le había sido regalado con generosidad y gratuidad.

«Hola», dijo Marta entrando en el despacho, quitándose la bufanda y sentándose campechanamente en la silla. A pesar del carro de complejos que llevaba a las espaldas no sólo tenía un extraordinario talento para la física sino también para la familiaridad. Se abrió el abrigo con un movimiento que habría resultado sexy si hubiese pesado veinte kilos menos y le miró fijamente.

«Hace mucho frío en la calle.»

«Y más que va a hacer, dicen que va a nevar esta Navidad.»

«¿En Madrid?»

«Al menos en la sierra, que es donde voy a estar yo, en la casa de mi suegra.»

«Ah.»

Tres segundos y ya habían aniquilado el tema meteorológico. Estuvo a punto de decir que su suegra había fallecido ese mismo año pero se detuvo a tiempo. Quedaba el tema de las fiestas, aunque tampoco parecía que les fuera a cundir mucho más. Marcos huyó hacia él.

«¿Has venido a Madrid para pasar las vacaciones de Navidad?»

«No, vuelvo a Barcelona.»

«Claro, supongo que querrás estar con Boris...», de pronto dudó, ¿no se llamaba así aquel novio del que hablaba constantemente?, «... con Ígor...»

«Con Iván.»

«Iván», repitió él entre aliviado y humillado.

63

«No, lo hemos dejado. Me marcho a Estados Unidos, he venido a despedirme de mi familia y supongo que también de usted, profesor.»

Marta dijo aquella frase y puso solemnemente sus dos manitas redondas la una sobre la otra, un gesto natural en ella que acompañó con una sonrisa pícara, su último gesto de adolescente. Lo de «profesor» era un guiño. En el laboratorio todos le llamaban Marcos, pero ella había comenzado a llamarle profesor a las pocas semanas de trabajo como una broma privada, blanca y respetuosa. Le gustaba. Le gustaba que aquella chica de la que era perfectamente consciente de que, si no se malograba, acabaría siendo una autoridad le llamara «profesor» aunque fuese medio en broma y en su primera juventud. En su talante de buen perdedor natural Marcos había imaginado algo parecido a las madres de los grandes genios: un día le darían un premio a Marta y ella se acordaría melancólicamente de él y de los días en los que la luz curvaba las nanopartículas en el microscopio láser de Barcelona.

«Me han dado una beca para trabajar en el laboratorio de Los Álamos, en Texas.»

«¿En Los Álamos?»

Una cosa es que supiera que Marta tenía un gran futuro delante de ella y otra muy distinta comprobar lo *cerca* que estaba ese futuro.

«Es una oportunidad.»

«Ya lo creo que sí.»

«Me marcho dentro de dos semanas.»

«Entonces lo has sabido durante estos últimos meses.»

«Sí», respondió ella, y bajó la mirada con cierta vergüenza, como si hubiese cometido una deslealtad imperdonable.

«No te preocupes, lo entiendo perfectamente.»

Hubo un leve momento de suspensión. Los remordimientos de Marta aliviaron en cierto modo los suyos, las fuerzas se equilibraban, pero aparte de eso ocurría también algo extraño y parecido a los encantamientos de los cuentos infantiles: el mago había tocado con la varita la coronilla de Marta y ya no era una estudiante. A pesar de que sus gestos no se diferenciaran mucho de los de hacía unos minutos, algo había cambiado en ella, ya no era ninguna jovencita, la veía de pronto como una compañera, una colega. Sintió una especie de camaradería. Se activó en él un absurdo complejo de hermano mayor.

«Escucha», dijo, «esto del despacho es un poco deprimente, ¿por qué no vamos a un buen bar y brindamos por ti?»

«Me parece bien», respondió ella sonriendo.

Cuando salieron a la calle hacía tanto frío que de inmediato dejó de parecerles tan buena idea, pero ya no podían echarse atrás. Era el último día de clase y los estudiantes de casi todas las facultades habían organizado fiestas para recaudar dinero para sus viajes o sencillamente como pretexto para emborracharse por Navidad. ¿Ocurría eso en otras universidades del mundo que no fuesen las españolas? Fueron esquivando vasos de plástico y algún que otro cadáver semicomatoso hasta que llegaron al coche. Algún estudiante miraba a Marta por el rabillo del ojo como si le reprocharan pasear con el enemigo.

«¿Te gustan los cócteles?», preguntó. Era una pregunta sin truco y en absoluto relacionada con lo que sucedía a su alrededor, pero al hacerla y sobre todo por la cara con que le miró Marta, no pudo evitar sentirse un viejo.

«Depende.»

«Éstos te van a gustar.»

Marta le miró como una niña de cinco años cuando ve

a su padre empezar a bailar con varias copas en una boda, pero corrigió el gesto enseguida, por educación quizá o tal vez porque en el fondo de aquel corazoncito punk palpitaba el alma de una melancólica.

«Claro, vamos.»

Marcos la llevó a una antigua coctelería que estaba en Cuatro Caminos a la que solía ir con Nuria cuando eran novios, un lugar decadente lleno de elegantes señoras se-mialcohólicas y de panchitos rancios que aún conservaba alguno de los mejores barman de la ciudad y un encanto indescriptible entre salón de té y bar de la ley seca en el viejo Chicago. Recordaba –dónde fue, dónde fue– estar en aquel lugar, en aquella esquina del fondo quizá, o en la barra, con otra pareja de amigos y observar de pronto –a través del reflejo de la barra– cómo Nuria le estaba mirando fija y amorosamente, encandilada. Una sensación estática. Nunca en toda su vida se había sentido observado con tan-to amor como por Nuria aquella noche, había algo rendido en su mirada pero también algo atento, no sólo un impulso, sino un impulso aceptado y consciente, una *decisión amo-rosa*.

Habían pasado ocho años de aquello pero el local apenas había cambiado. Puede que las señoras que estaban sentadas en una de las mesitas fuesen incluso las mismas de entonces; maravillosamente preservadas en formol como especímenes de dama octogenaria del barrio de Chamberí. Todo tenía una luz verde apagada y las paredes estaban cubiertas de pinturas kitsch clásico de algún pintor del barrio, bodegones relamidos de frutas y conejos y unos desnudos femeninos que hacían sospechar de un hombre de sesenta años que no había dejado de masturbarse a diario desde los trece. Marta lo barrió todo con una mirada más bien despreciativa, se quitó su abrigo fucsia y se sentó retrepándose un poco en una de las banquetas de la barra, agarró una de las cartas y casi sin mirarla dijo «bloody mary».

Él se entregó un largo minuto a mirar la carta a pesar de que sabía lo que iba a pedir desde que arrancó el coche en dirección a aquel lugar: dry martini. «Qué peligro», pensó de inmediato, pero ya era tarde, se lo había bebido en un minuto como si fuese agua y se había pedido otro. Le preguntó a Marta cómo había sido todo el proceso de selección que había pasado y Marta comenzó a relatar una historia larga, alambicada y a ratos graciosa (nunca habría sospechado que pudiera serlo tanto en realidad) de mails, cartas de recomendación, exámenes de inglés... Pasaba de camarada a estudiante y de estudiante a camarada de un segundo a otro. Era agradable mirar aquel rostro que había dejado la adolescencia hacía tan poco tiempo relatando los vaivenes de los procesos de selección, en cierto modo le resultaba más sencillo olvidarse un poco de sí mismo, aparcar los sentimientos de la última semana, o tal vez del último año completo. Era agradable tener a alguien como Marta sentada enfrente: un futuro prometedor y orondo. Cuando llegaron al cuarto dry martini le puso una mano sobre el hombro y acercándose un poco a ella dijo en un preocupante estado previo a la ebriedad:

«Estoy ab-so-lu-ta-men-te convencido de que te va a ir muy bien.»

Una profecía que no había sido exigida por nadie, ni precedida por ninguna pregunta de Marta en realidad, y a la que la propia Marta (en la mitad de su segundo bloody mary) respondió con un inquietante comienzo de llanto emocionado.

«No llores», dijo él rápidamente, habría querido que sonara más como una reconvención cariñosa pero en realidad sonó como una orden.

«Perdón», respondió ella.

Y para intentar consolarla o tal vez por cambiar de tema de conversación le dijo que el artículo que había escrito sobre los experimentos con luz y nanopartículas que habían hecho en Barcelona se iba a publicar en la *Review of Modern Physics*. Marta pasó de la desolación a la alegría infantil.

«¿En serio?»

«Sí», dijo él dando tres chapuzones a la aceituna y comiéndosela de un trago, apenas sin haberla mordido, como si lo que acababa de decir le exigiera algún tipo de ejercicio acrobático y a continuación una píldora tranquilizante.

Marta dio un pequeño salto desde la banqueta y le abrazó. El recuerdo de la noche fue disolviéndose un poco a partir de aquel momento. Pidió otros tres dry martinis más y hablaron ya no recuerda de qué. Tenía una vaga sensación de haber estado hablando de Abel (a quien Marta apenas conocía) y de que Marta contó el final de la historia con su novio Iván, a quien al parecer no quería lo suficiente, o él a ella. Contra toda expectativa tenía también el vago recuerdo de que la historia le había interesado muchísimo. Era el terreno en el que cortocircuitaba su lado científico con su lado sentimental: siempre le interesaba escuchar las historias de amor ajenas, especialmente si quienes las relataban eran los protagonistas. ¿Acaso no eran todas las historias de amor variaciones de un mismo sistema? Marcos era un fanático del sistema *more geometrico* de la sentimentalidad humana. Partiendo de aquella premisa (la de que todos los seres humanos quieren perpetuar sus sentimientos positivos y sus momentos placenteros, aumentándolos en la medida de lo posible y evitar o aniquilar por completo los negativos), se podía predecir un sistema de fuerzas comparando las tendencias naturales de una persona con las de su pareja y hacer un cuadro de probabilidades. La historia de

Marta no parecía excesivamente compleja hasta que le comentó que había aparecido un tercero.

«Ah, un tercero», dijo Marcos mientras pensaba que aquello complicaba el estado de la cuestión de una manera exponencial.

«De todas formas es lo mismo.»

«¿El qué es lo mismo?»

«Todo, todo es lo mismo, porque creo que lo que necesito es *estar sola*», sentenció Marta.

«Ya», respondió Marcos sintiendo que era triste, por muy joven que fuera la talentosa Marta y por muchas opciones que le quedaran en la vida, que hubiese dejado de querer a Iván. El final del amor era siempre un fracaso, no importaba que los protagonistas hubiesen estado queriéndose treinta años o tres meses. Recordaba una historia, ¿o era una anécdota?, que le leyó Nuria en la cama en una ocasión, creía recordar que de un autor portugués que trabajaba en una oficina y todas las tardes observaba en Lisboa a una modistilla que se paseaba con su novio y se paraba frente a un escaparate a la hora de comer. Una historia tonta, un paisaje común para el oficinista visto desde la ventana, como el reloj o el termo de café: la modistilla con su novio mirando el escaparate a la hora de comer eran como un árbol, un autobús urbano, un perro solitario. Hasta que un día el oficinista ya no ve al novio, sino sólo a la modistilla, y pasa un día y otro y es sólo la modistilla la que pasea y mira los escaparates. Lo ha dejado con el novio. La modistilla está sola. El oficinista siente una pena inmensa. El final era lo que Marcos recordaba mejor, aquella frase del propio oficinista: «¿Símbolos? ¡No quiero símbolos! Lo que yo quiero es que el novio vuelva con la modistilla...» Algo parecido sentía ahora al escuchar a Marta contando aquella historia de cómo lo había dejado con Iván, ¿o era Boris? No importaba... Lo que él quería era que Marta volviera con él y pasearan con sus capuchas fucsias hasta el fin de los tiempos.

«¿Te parece que nos vayamos ya?»

«Sí», respondió Marta con tristeza.

Marta había dejado de sentirse bien hacia un rato y él había empezado a tener unas urgentes ganas de meterse en la cama. Quería llegar despejado a comer a la sierra al día siguiente y los cinco dry martinis que se había tomado no se lo iban a poner precisamente fácil.

Echó mano al bolsillo para mandar un mensaje a Nuria aprovechando que Marta había ido al servicio. A lo largo del día había llamado dos veces y Nuria contestó a las dos llamadas en momentos en los que no había podido atender. Habían estado buscándose arrítmicamente toda la jornada como en una fábula con una moraleja pendiente. Quiso poner un mensaje cariñoso pero lo único que se le ocurrió escribir fue: «¿Cómo vas, modistilla?» Chasqueó la lengua, lo borró de inmediato y volvió a meterse el móvil en el bolsillo. Lo volvió a sacar y escribió apresuradamente: «¿Te tratan bien?»

Marta salió del baño con el abrigo puesto. Envió el mensaje directamente a Nuria sin añadir «te quiero» como hacía casi siempre.

«Gracias, profesor», dijo Marta cuando salieron a la calle, «feliz Navidad.»

«Feliz Navidad, Marta, y mucha suerte.»

Le dio un abrazo fraternal y fucsia. Marta esbozó una sonrisa. Ninguno de los dos fue descuidado, los dos intentaron hacerse sentir afecto mutuamente pero aun así la sensación fue, quién sabe por qué, más triste que placentera, y al final se alejaron melancólicos el uno del otro. Le habría gustado darse la vuelta para mirar cómo se alejaba, pero tenía la sensación de que ella estaba mirándole a él y no se dio la vuelta. Eran las once de la noche del veintiuno de diciembre. El termómetro de la farmacia junto a la que estaba aparcado el coche marcaba menos dos grados. «Menos dos grados», susurró Marcos, *absurdo.*»

Había hecho aquel mismo viaje medio millón de veces, en todas las épocas del año y en todas las circunstancias posibles: animado, triste, exaltado, pensativo, con Nuria, con Marisa, varias veces con Abel, con amigos de Marisa o de Nuria, con el último perro que había tenido Marisa metido en una jaula enorme y tras una operación a vida o muerte de la que el animal jamás se recuperó, a solas. Era una sensación clausurada y familiar la salida de la ciudad, la carretera hacia la sierra, la rapidez con la que Madrid se acababa de un golpe y dejaba un campo de cardos sin gracia. Luego, como si peinaran la suavidad de aquella carretera siempre llena de agujeros letales y ciclistas amantes del riesgo, comenzaban los pinos bajos de los límites del Pardo y de pronto, al fondo, engreída pero en una versión doméstica, la sierra de Madrid, una sierra como un sentimiento antiguo: compacta, sobria, neutralizada por la roca y por el cielo.

En sus años de universitario había llegado a hacer muchas excursiones con un amigo montañero, pero se cansó rápido de hacer las mismas rutas y le perdió el cariño a aquel tipo de monte previsible y clásico. Le perdió el cariño a subirlo, pero no a verlo. Siempre le emocionaba la visión de la sierra desde la incorporación desde la carretera a lo alto del puerto de Canencia, en Miraflores, donde Marisa había comprado la casa en la que había vivido durante sus últimos diez años. Tal vez era ese prado junto a la cárcel de Soto del Real, mezclado con el esplendor grisáceo de la Pedriza, la presencia atípica de las vacas madrileñas, la bruma al fondo, como si hubiese una especie de puerta etérea flotando en el aire hecha de vapor de leche y de fresco aroma a brezo, pero siempre le parecía mentira que aquel paisaje estuviese a poco más de media hora en coche del centro de Madrid. Ahora, con la nieve de las últimas semanas, tenía una prestancia luminosa. Los tejados del pueblo se advertían entre los pinos como las pecas en la piel de una persona fotofóbica. Todo se detenía en el frío: se detenía y recomenzaba, crecía hacia adentro pero en una versión apesadumbrada y lenta. La belleza nevada de la sierra de Madrid no se parecía a la de otras sierras, tenía poco de postal y mucho de hostilidad cerrada, la pobreza de la adormidera más que el anuncio de pino y de mentol.

Marisa utilizó en su momento buena parte de la vieja herencia familiar para comprar un caserón de principios de siglo junto al puerto de Canencia, a unos cuatro o cinco kilómetros de Miraflores, el pueblo más cercano. La propiedad consistía en un terreno de un par de miles de metros cuadrados con una docena de pinos majestuosos, una vieja piscina que no se había molestado en arreglar y que había «cegado» con unas planchas de plomo y un huerto elemental en el que plantaba lechugas y tomates en los meses cálidos. La casa era elegante y esbelta y tenía un ventanal enorme con orientación este en el que Marisa había puesto su estudio de pintura y escultura, un salón comedor desproporcionado y una habitación enorme en la que había una cama de matrimonio de unas dimensiones casi inverosímiles. Los invitados, cuando los había, ocupaban unas camas de matrimonio liliputienses («el secreto de los invitados es que siempre estén un poco incómodos», decía) en la parte superior de la casa, una buhardilla arreglada en la que había que caminar medio agachado. La casa rezumaba una intimidad particular que sorprendía a Marcos cada vez que entraba en ella, era estrambótica pero perfectamente previsible a la vez, agradable a la vista e incómoda a partes iguales, como su suegra tal vez, la perfecta representación espacial del carácter de Marisa. Los muebles eran rústicos, el suelo de piedra y de baldosa antigua, menos la parte noble, que era de parqué de madera, todo era marrón, ocre, oscuro, privilegiado y un poco sospechoso, con notas de rojos fuertes o de colores chillones en objetos muy concretos: el teléfono, el marco de un cuadro, una escultura, era el espacio épico que Marisa había construido para protegerse del mundo, no había señales de pasado alguno sino luz sobre lugares agradables, casualidades inocentes, cosas que garantizaran cierto éxito, o al menos cierta comodidad. Aquí y allá se veían esculturas y cuadros suyos pertenecientes a sus muchas y muy distintas épocas, tanto figurativos como abstractos. Si Marisa no había triunfado como artista se podía decir que no había sido por no probar todas las posibilidades. De su época figurativa (la que más le gustaba a Marcos) habían sobrevivido retratos y algunos bustos, uno especialmente bonito de Nuria con dieciocho años –una Nuria cadavérica pero aun así extrañamente cautivadora e intensa que a Marcos le conmovía como si estuviese viendo algo frágil de su mujer–, otro de Abel, muy poco logrado, en mármol, varios de sí misma. El más bonito de todos era un busto que Marisa había hecho de sí misma en madera de roble al que la humedad había estropeado la parte del cuello, dándole el aspecto de un fular. Marisa debía de tener en aquella época unos cuarenta y cinco años, había tenido ya a sus dos hijos pero estaba también en su plenitud, en su época más viajera y experimental. El busto tenía el deliberado y previsible embellecimiento de su autora pero también un aspecto un tanto oscuro, algo parecido a la indiferencia.

Daba la sensación de que había intentado hacer un autorretrato apasionado y, tal vez por ineficacia, le había salido uno indiferente. Lo fantástico era que el error la había dejado mucho más cerca de la verdad de lo que nunca la habría podido dejar su talento. Al final la sensación se extendía por toda la pieza sin llegar a canalizarse en una sensación concreta: era imposible saber si la persona representada allí estaba triste o tan sólo ensimismada, había en esa cara como vetas y estratos, no sólo de la madera, también del espíritu; sus estados de ánimo, su manera de hablar siempre bienhumorada y abierta, su respiración, su indefinición nerviosa, su vanidad, su erudición disparatada, aquellos pensamientos que no parecían proceder de su mente ni de su cuerpo, sino de su voluntad.

Había sido una mujer con un sentido particular de la estética y un particular mal gusto para los amantes. Los novios que duraban poco por lo general y respondían casi siempre al mismo patrón: sencillo, sentimental y básico. Marisa había tenido hombres como había tenido perros, por una cuestión estética, práctica y afectuosa, por gusto al sexo y a la compañía *física,* por apetencia y buen humor. En cierto modo sus hombres se parecían un poco a sus esculturas (no figurativas), eran toscos, previsibles y un poco desvalidos, pero todos tenían algo interesante y eran alegres. Marisa les había dado un lugar y ellos le habían dado compañía, no se había atado a ellos y casi nunca había permitido que se ataran a ella. Sólo Dios sabe dónde les había conocido antes de que existiera Internet, pero cuando comenzaron a existir las páginas de contactos Marisa se convirtió en una experta de la noche a la mañana. «Aquí en la sierra no se puede vivir sin perro», decía en broma. Tenía unos ojos lujuriosos, como dos alfileres absorbentes y encendidos, un cuerpo pequeño y correoso, una risa extraordinariamente contagiosa y franca y un vitalismo envidiable, pero en el fondo de toda aquella arrolladora actitud siempre parecía haber una especie de desgana.

«Los sobornos también cuentan, en economía sentimental los sobornos son *sobre todo* lo que cuenta», recuerda que le dijo en una ocasión, mientras Nuria recogía los platos de la mesa de una de aquellas comidas, sentados en el porche, no muy lejos del banco en el que iba a acabar rompiéndose la cabeza. Y el mismo día que la conoció recuerda que al salir del baño escuchó cómo le decía a Nuria: «Tiene algo de violonchelo, es un poco aparato pero a ti siempre te han gustado los hombres a los que no se sabe muy bien dónde dejar.»

Las frases de Marisa. De camino a la casa, deslizando la mirada sobre la sierra nevada y sin saber lo que le esperaba en los próximos días, Marcos se distraía pensando que si hubiera que hacer un retrato informal de Marisa para la *Review of Modern Physics* se podría escribir utilizando precisamente aquellas frases. Le venían a la memoria titilantes como campanillas, frases como extrañas frutas redondas: «Valemos tanto como nos han puesto a prueba», «De la mentira se puede decir que no es la verdad, que es todo lo demás también se puede decir», frases un poco incomprensibles. De pronto, puede que fuera la resaca de los cinco dry martinis del día anterior, le pareció que comprendía un poco mejor lo que le conmovía de ella. «Los que obedecen suelen ser la copia exacta de los que mandan», «Desconfía de la gente demasiado hermosa, siempre genera violencia a su alrededor», frases de solitaria, colmadas como el interior duro de una fruta, como una almendra. No le había quedado de Marisa sino esas frases.

Cuando llegó a la casa abrió la cancela y vio a lo lejos el coche que seguramente había alquilado Nuria junto a la entrada. Lo aparcó a su lado y entró. No sabía por qué se había puesto nervioso. Era la sensación de estar a punto de ver a Abel, todos aquellos pensamientos sobre Marisa le habían hecho perder la oportunidad de prepararse un poco mentalmente. El pasillo estaba intacto, la luz salía del estudio y de la cocina, al fondo. Parecía que en cualquier momento fuera a aparecer Marisa pero era sólo una idea teórica y fútil, como cuando alguien se fuerza a convencerse de que siente alguna cosa sólo por sentir su contraria a continuación. Si se paraba a observar con atención y se preguntaba a sí mismo con honestidad, se daba cuenta de que la muerte de Marisa era palpable y evidente. La casa estaba desprovista de alma, o peor: había irrumpido en ella un desorden ajeno, *de otros*.

Oyó el murmullo de la voz de Nuria en la cocina, luego un silencio y de nuevo la voz de Nuria. Se dirigió hacia allí, abrió la puerta. Nuria y Abel estaban sentados en la mesa de la cocina, frente a dos tazas de café.

«Y aquí está el cuñado de oro», dijo Abel levantándose.

Estaba envejecido. Lo primero que pensó fue que iba a ser difícil, mucho más difícil de lo que había imaginado. Tenía los hombros más anchos pero también huesudos, la caja torácica se le había hundido un poco hacia adentro. Los gestos de su cara se habían suavizado. Era como si tuviera la barbilla menos afilada y los labios más gruesos, su cara tenía un aspecto mucho más saludable que en toda su vida pero también, inexplicablemente, más vencido. Le dio la mano. La misma mano huesuda y grande de siempre. Nuria le miró por detrás como una ardilla inquieta con una sonrisa un poco forzada y voluntariosa. Abel sonrió. Tenía los dientes manchados. ¿Sonrió él también? Estaba tan poco preparado para aquel recibimiento cordial que no se supo manejar del todo. Había aprendido a desconfiar de la amabilidad de Abel: cuando se confiaba demasiado acababa siendo el objeto de un chiste.

«¿Cómo estás? Tienes buen color.»

«¡Estoy muerto!»

«No ha dormido muy bien», explicó Nuria.

«El jet lag es peor de América a Europa que al revés», dijo Marcos.

«Sí», respondió.

«Estábamos desayunando, ¿has tomado algo?», dijo Nuria.

«¿Os queda café?»

«Sí, acabamos de hacer.»

Se lo sirvió en silencio mientras Nuria y Abel se volvían a sentar. Todos tenían respuestas y gestos rápidos como si no quisieran hacer demasiado palpable la incomodidad. Nuria se había lavado el pelo y al sentarse a su lado le llegó el aroma del champú, un olor familiar y agradable, algo sencillo que le ayudó a sentirse un poco en casa y a recuperar el aplomo. Miró de frente a Abel, tal vez sólo para acabar con la incomodidad de no poder mirarle a conciencia, y ocurrió algo inexplicable: Abel retiró la mirada. Ahí estaba Abel Cotta, el famoso payaso español, el que había conseguido hacer estallar en carcajadas a diez millones de personas con sólo levantar una ceja. ¿Por qué retiraba la mirada? ¿Es que no quedaba un poder, una autoridad, algo, por muy crepuscular que fuera, en una persona que había hecho reír a tanta gente? La risa era como una columna de aire y de energía, un ciclón. Abel había llegado a dominarla con la levedad de los auténticos magos, ¿dónde había quedado esa autoridad?

Marcos recordaba una situación en aquella misma cocina, hacía ahora seis años, en la que Abel se acercó por detrás y le dijo:

«¿Sabes en qué cama he dormido esta noche, cuñado? En la de Marta Cael.»

Marta Cael era probablemente la belleza más impresionante que había dado el cine español aquel año, una chica veinteañera que se había hecho famosa de la noche a la mañana por su papel protagonista en una película de época. La posibilidad de que Abel se hubiese acostado con ella le pareció, quién sabe por qué, angustiosa.

«Así que a la chica le gusta reír.»

«Le gustan muchas cosas aparte de reír», replicó Abel. Sonrió. Marcos recordaba a la perfección aquella sonrisa y aquella respuesta, había en ella una gruta dentada, una carcajada negra, no tenía en realidad nada que ver con Marta Cael en concreto pero era como si el payaso hubiese llegado por arte de magia a un lugar al que cualquier persona corriente y hasta agraciada hubiese tardado en llegar mucho tiempo y tras una búsqueda incesante. Tal vez no era tanto Abel mismo como algo que surgía directamente del payaso, del ladrón. Tras aquella armadura negra se reía el enano, el loco, el jorobado.

¿Dónde estaba ahora toda esa furia? Abel tenía unos cincuenta años, sus manos y sus gestos aún eran los mismos, bastaba una mínima intervención de la imaginación para verle en sus papeles estrella, y sin embargo daba la impresión de que había sido invadido por un virus, un hongo.

«¿Cómo te va, cuñado?», preguntó Abel al final.

«Muy bien.»

«Me alegro.»

«Ha escrito un artículo muy importante este año, se lo van a publicar en...», se apresuró a añadir Nuria.

«*Review of Modern Physics*», terminó él.

«Vaya... No tengo ni idea de qué es eso, pero suena a la nave nodriza», replicó Abel.

«Lo es.»

«¿Sobre algo que podamos entender los mortales?»

«Es un experimento con luz y nanopartículas. Hay ciertas ondas lumínicas que en circunstancias especiales pueden llegar a curvar la materia. Eso es más o menos todo.»

«No seas tan modesto.»

«No lo soy, en realidad estoy muy orgulloso.»

Durante unos segundos estuvo esperando el chiste pero el chiste no llegó. Abel afirmó apretando los labios para reconocer el mérito por mucho que no lo pudiera medir cabalmente y se sirvió otra taza de café. Era absurdo darse cuenta de que se sentía un poco defraudado, pero era así. Tal vez fuera ésa una de las peores tragedias del payaso: la de que todo el mundo deseara constantemente que el payaso hiciera el payaso sin descanso, hasta el fin de los tiempos. Un payaso deprimido era contra natura y Abel parecía deprimido. Deprimido y... distinto.

«Quiero vender todo esto», dijo Abel cambiando bruscamente de tema y mirando directamente a Marcos, «espero que me ayudes a hacer entrar en razón a mi hermana. Si la queréis vosotros, por mí bien, yo no quiero nada que me ate a este lugar.»

Dijo *este lugar* de una manera ambigua, como si no sólo se refiriese a aquella casa sino a Madrid, a España, a la Unión Europea, al planeta Tierra. No le había temblado la voz, era una ruptura sentimental y la obstinación interna de la persona que estaba realizándola era tan evidente y tan serena que parecía ridículo oponerse.

«Creo que eso es algo que vais a tener que resolver entre vosotros», dijo Marcos provocando una sonrisa inmediata y sardónica en Abel.

«Ah, cobaaarde...»

Abel dijo aquello de tal forma que Marcos no pudo

evitar reír. Una risa minúscula, ínfima, pero delatora. Ésa era otra de las cosas que tenían que ver con la risa y por tanto con el mundo de Abel: su autenticidad, la risa delataba siempre el verdadero sentimiento. Nuria le miró como un jugador de póquer enfadado con su compañero porque no había entendido una seña.

«No, lo digo en serio, me parece que es algo que tenéis que resolver entre vosotros.»

Trató de mirar a Nuria cuando respondió aquella frase. No esperaba verse enfrentado a *la conversación* en el minuto dos del encuentro, pero en cierto modo se lo agradecía a Abel porque él también lo prefería así; resolver aquel asunto y pasar cuanto antes a otra cosa, lo que fuera, pero otra cosa. Abel se dio la vuelta hacia Nuria como un adulto que trata de dirimir una pelea entre dos niños.

«¿Qué te parece, hermanita? ¿Te parece que lo tenemos que resolver entre los dos o te parece que lo tienes que resolver tú sola?»

No había ni el menor asomo de violencia en la pregunta. Era sencillamente una pregunta frontal realizada ante un problema frontal. No había violencia pero tal vez tampoco había cariño. Abel se había vuelto hacia su hermana con lentitud y mientras Nuria le devolvía una mirada angustiada él volvió coger la taza de café y a dar un largo trago. Era una filtración, una grieta. Vistos los dos juntos, de pronto resultaban más parecidos que nunca. Había algo en la caída de los párpados de los dos hermanos que era casi idéntico, no se trataba exactamente de la forma sino más bien de la manera en que se movían los ojos, o tal vez la velocidad, alternada con el espesor de las pestañas que les daba a los dos rostros de pronto una especie de tono similar.

«Yo quiero que lo resolvamos juntos», dijo Nuria dirigiéndose a Abel.

«El problema es que yo ya he tomado una decisión», respondió su hermano.

El silencio fue tan denso que cambió por completo la luz de la cocina. Nuria miró a Marcos pidiendo ayuda. A veces, en situaciones como aquélla, en la intimidad de los momentos más intensos, no podía evitar que en su mente hiciera aparición una imagen fulgurante: el rostro de Francesco Mauratto. Francesco Mauratto. Francesco Mauratto. Y se le ocurría, pero era sólo una fantasía mental y surrealista y por supuesto no habría pronunciado aquellas cosas en voz alta ni aunque le hubiesen despellejado vivo, qué sucedería si en esas situaciones él respondía algo del estilo *¿Por qué no se lo preguntamos a Francesco Mauratto?* ¿Era una vieja cicatriz sin sanar o es que Francesco Mauratto, no el hombre real sino esa imagen congelada de sus rizos, sus ojos negros, sus poses italianas de cuarta, era una especie de agujero negro, de antimateria de su intimidad con Nuria? ¿Por qué pensaba, si no, en Francesco Mauratto en una situación como aquélla? Y sin embargo ahí estaba flotando todavía cuatro años después en el aire de la cocina de la casa de su suegra, con su brillo demencial, como si fuera un duende perverso que se asomara en los momentos más imprevisibles para recordarle que se había acostado con su mujer.

«Tengo que pensarlo», dijo Nuria al final.

«Piénsalo sin prisa, tienes una semana entera, hasta que me vuelva a Colombia.»

«No me habías dicho que volvías.»

«Te lo estoy diciendo ahora.»

«No me dejas mucha opción.»

«Es verdad, no te dejo mucha opción», respondió Abel, y sonrió con una tristeza un tanto desarmante mientras se levantaba, «creo que me voy a acostar un rato antes de que se me disuelva el cerebelo por completo.»

La mano de Nuria jugando con el terrón de azúcar. La luz de la cocina, la seguridad del frío.

«Qué bien que estás aquí», dijo Nuria, mirándole.

Marcos Trelles ha considerado siempre que existe una autocomplacencia penosa en la gente que habla de sí misma, o que escribe diarios o que cuenta anécdotas en las que ella es la protagonista o que empieza frases diciendo «Yo, por ejemplo...». *Marcos Trelles nunca ha hecho un relato autobiográfico no porque no tenga estima de sus sentimientos (en el fondo supone que los tiene en tanta estima como cualquier hombre razonable) sino por algo parecido al pudor o a la falta de pudor que se necesita para escribir un texto autobiográfico. Y como lo habitual es que uno pueda pasar por la vida sin que nadie le obligue a escribir un texto de ese tipo, Marcos Trelles había llegado a pensar que sobre él no se escribiría nunca ni una sola línea. En ciertas ocasiones Marcos Trelles piensa que será absolutamente incapaz de escribir este texto para la* Review of Modern Physics *y que se verá obligado a enviar cualquier cosa a falta de algo mejor.*

Escribió las últimas palabras tratando de esmerar la letra al máximo y le quedaron tan bonitas que se detuvo ahí y volvió a mirar por la ventana. Había escrito el texto muy lentamente, casi podría decir (si no negara todo lo que afirmaba el propio texto) que había disfrutado hablando de sí mismo. Estaba sentado con el cuaderno en el estudio de escultura de Marisa, rodeado de los amplios ventanales que daban al jardín. Había algo extraño en sentarse a trabajar en un lugar que utilizaba otra persona. Entendía por qué la mesa estaba en el centro y no en la esquina (donde había más luz), y es que desde ese lugar quien trabajaba podía llegar más fácilmente a la mesa con las herramientas, las mazas, los cinceles, las lijas, los lápices y otro sinfín de pequeñas herramientas que tenían el aspecto del material de tortura de un verdugo o de un dentista para ballenas. Entendía que desde ahí se podía entrar y salir con más facilidad de la habitación y la luz era siempre perpendicular. Había una lógica del espacio que respondía a la ausencia de Marisa. Le daba la sensación de que podía repetir mentalmente gestos que ella podría haber hecho en ese lugar, como si la viese reflejada en un espejo elástico de mercurio, inclinándose con naturalidad desde esa banqueta hasta aquel cajón.

Llevaba nevando casi dos horas. La capa de nieve ya era cierta y real: cubría todos los arbustos bajos de la entrada de la puerta y las dos o tres esculturas que estaban en el exterior. Tras la conversación del desayuno había habido otra nueva discusión ya abierta y dura entre los hermanos. Nuria había acusado a Abel de despreocuparse de todo, de abandonarla. Abel se cerró en banda con una actitud tan indiferente que parecía que iba a hacer la maleta en cualquier momento. Nuria perdió la paciencia y se puso a llorar. Un llanto que a Marcos le pareció un órdago a la grande utilizado demasiado pronto por mucho que fueran reales los sentimientos que lo provocaban. Se habían trasladado al cuarto de estar, Abel fumaba un pitillo tras otro frente a la chimenea encendida y Nuria le miraba desde el sofá. Parecía una escena de teatro costumbrista. El malhumorado infiel, la amante de provincias demasiado exigente. Tú me prometiste. Yo te prometí.

«Mamá sabía chantajear mejor que tú», dijo Abel.

«Eres un hijo de puta», respondió Nuria.

«Un insulto que suele poner fin a las conversaciones en cualquier país del mundo.»

Y entonces Nuria enseñó todas sus cartas:

«¿No ves que lo único que quiero es que no te vayas?»

Lo hizo con desesperación para ver si la franqueza conseguía lo que no parecía conseguir el afecto, pero el gesto resultó un poco teatral. Desde fuera era sencillo entenderlos a los dos: el deseo de Nuria de que Abel siguiera atado de alguna manera, aunque fuera material, a Madrid y a ella, y el de Abel de acabar con todo y tal vez no volver nunca más. En un momento fatídico de la discusión Nuria dijo lo mucho que todo esto habría disgustado a Marisa si hubiese estado presente.

«Y lo sabes», concluyó.

«Y lo sabes», repitió su hermano.

La clásica imitación infantil, casi escolar. Abel repitió la frase como una broma inocua pero con toda la eficacia y la precisión de un profesional. Fue un momento prodigioso, como si todo el cuerpo de Abel se hubiese colmado de pronto del cuerpo de Nuria, su exacto tono de voz, la hebra dorada del movimiento que había hecho con el brazo al decir aquella frase. Una versión grotesca, humillante y en cierto modo inmóvil de la propia Nuria. Ella le miró con una furia desbordada e impotente y a continuación dio un salto y se encerró de un portazo en la habitación, Abel se encogió de hombros, se puso el abrigo y salió de la casa de la misma manera a dar un paseo hacia el pueblo, seguramente. Ocurrió tan rápido que de pronto Marcos se descubrió solo en la habitación, como un convidado de piedra.

Vagabundeó por la casa unos minutos poniendo una figurita allí o sacando un plato sucio de allá, haciendo un poco de tiempo para que Nuria se tranquilizara. Había un reloj irritante que sonaba en algún lugar. Luego su sentido suburbial de invitado le llevó de nuevo hasta la puerta de la habitación. Nuria estaba tumbada cabeza abajo en la cama y cuando él entró levantó sólo una mano de una manera un tanto cómica, como si quisiera dar a entender que quería seguir con el combate a pesar de todo. Él sonrió, se sentó a su lado y estuvo durante un buen rato acariciándole la cabeza, sintiendo la estructura de los huesos de su cráneo bajo el pelo limpio y ligeramente impregnado del olor a pino de la casa. Más que una niña parecía una mujer muy joven y desdichada, la tristeza la rejuvenecía como si cubriera su rostro de zonas luminosas y suaves. A Marcos no le daba la sensación de haber asistido a una verdadera discusión entre los dos hermanos sino más bien a un precalentamiento, a un ensayo general. Apenas sentía ternura por ella, era algo más distante y complejo, no se trataba de falta de cariño: había situaciones en las que el cuerpo de Nuria le parecía una extensión de su propio cuerpo, se alejaba de ella y apenas sentía su desaparición. Luego, poco a poco, no sabía muy bien cómo, acabaron haciendo el amor. Sucedió como casi siempre en invierno, había que quitar demasiada ropa: un jersey, una camisa, una camiseta, el sujetador, la lentitud les volvía un poco torpones y sonrientes. El frío de la habitación (la casa no estaba todavía lo bastante caliente) le puso la piel de gallina. Nuria se quitó los pantalones y se metió a toda prisa bajo las sábanas.

«Cierra bien la puerta», dijo.

«¿Por qué?»

«Por si viene Abel.»

«Se ha marchado de casa.»

«¿Se ha marchado?», preguntó un poco angustiada.

«Va a volver, no te preocupes, habrá salido a pasear», dijo él cerrando la puerta y desnudándose junto a la cama.

Se zambulló en aquella tibieza fría de las sábanas junto al cuerpo tembloroso y desnudo de Nuria. El frío les había retraído de nuevo pero se recuperaron poco a poco, mirando los dos de reojo cómo nevaba en el exterior, una nieve tan fina que parecía las pavesas inseguras y temblorosas de una hoguera que alguien estuviera haciendo en el jardín. Nuria hizo el amor con la cara apretada contra su cuerpo, hundida en su pecho o mirando por encima de sus hombros. Había un más adentro de esa actitud, un olor a lino y a privilegio. Le sorprendió que se corriera. Nuria casi nunca se corría cuando estaba triste, su propia tristeza funcionaba como una especie de inhibidor sexual y sin embargo aquella vez no sólo se corrió sino que lo hizo mirándole, con las cejas contraídas en un gesto de conmoción y la boca abierta. Dijo «me corro» y le agarró los brazos como un pajarito. Luego continuó un minuto hasta que terminó él y a continuación se desarmó como si fuese un mueble plegable, encogida y abrazada a la almohada con una pierna apoyada con fuerza contra su cadera y una mano en la suya. Y de nuevo, la suspensión.

«¿Quieres que te deje descansar un poco?», preguntó acomodándole cariñosamente el pelo detrás de la oreja. Nuria no contestó.

«Amor.»

«Sí.»

«¿Por qué no descansas un poco hasta la hora de comer? Estás de vacaciones. No tienes que arreglar el mundo en dos horas.»

Nuria sonrió por compromiso pero cariñosamente. Eran como los actores de una película que saben que van a ser asesinados en breve. Los dos tenían una belleza un poco fría, como si una fatalidad rebotara en ellos y les diera un aura excepcional.

«Sí.»

Se separaban, se apaciguaban. A Marcos le daba la sensación de que sobre la casa descansaba la sombra de una influencia benéfica cuando se sentó en el estudio de Marisa y comenzó a escribir su texto. No se trataba de nada que tuviera que ver con su suegra sino más bien de algo tranquilizador que no solucionaba ningún problema pero que ayudaba a seguir, algo parecido a un conformismo esperanzado.

Cada vez que terminaba una frase pensaba si Nuria estaría dormida o no. Se la imaginaba con los ojos clavados en el techo y la mente en blanco, con aquella manera de estar pensativa tan parecida a la que habría podido tener Tarzán mirando el mundo externo antes de escabullirse de nuevo en el interior de la selva. La discusión entre Nuria y Abel en el cuarto de estar todavía seguía en el aire. Traía de pronto demasiados recuerdos, como los últimos años de la vida pública de Abel. Vistos desde esta aparente tregua de la casa y con Marisa muerta parecía casi surrealista pensar en aquella época, como si aquel año hubiese transcurrido (y transcurriese todavía en el recuerdo) a una velocidad frenética, con el *speed motion* del cine en blanco y negro o la lisérgica euforia del humor inglés de los setenta. La trayectoria cómica de Abel había sido todo menos previsible. Había comenzado en realidad como un humorista «blanco» y costumbrista pero se había ido inclinando cada vez más a una deriva política. Fue en el último año de su carrera cuando Abel se inventó aquel personaje femenino llamado Lola Perpetua, una mezcla entre señora rural y activista anarquista. No se sabía si había sido pura fortuna o el golpe certero del talento de Abel, pero lo cierto era que había supuesto la perfecta cuadratura del círculo, por un lado había mantenido la audiencia popular con un personaje que no dejaba de ser costumbrista (la chillona señora española de clase baja), y por otro lado —como si las palabras no significaran nada, como si en el fondo sólo se tratara de un mensaje subliminal— comenzó a armar un verdadero discurso político y a ponerlo en los labios de la enlutada pechugona Lola Perpetua.

Al principio debió de ser casi sólo un divertimento para Abel, un campo de pruebas. ¿De qué hablaba Lola Perpetua? Era difícil saberlo, «Lola no habla», recuerda que comentó Abel en una entrevista, «Lola *eructa*». En las primeras apariciones se limitaba a insultar de una manera cómica y genérica a los espectadores, pero los insultos eran tan colectivos que la comicidad se acababa dispersando, trataba de arremeter contra sucesos demasiado gravitacionales de la mente española como para resultar atacables, el consumismo navideño, los nacionalismos o el sistema funcionarial. Mirando con perspectiva cómo había resultado la historia, Marcos entendía ahora que lo que había estado intentando Abel en aquella época y de una forma que era a la vez pública y notoria, pero también secreta y *malintencionada,* era tomar el pulso a todos cuantos estaban a su alrededor. Tenía intención de averiguar hasta dónde se le iba a permitir reír.

A Marcos no le costaba mucho recordar lo poco que tardaron en llegar los cambios. El programa cómico de Abel, que tenía un horario de máxima audiencia en la primera cadena pública, fue clausurado en dos sesiones cuando utilizó el personaje de Lola Perpetua para arremeter contra el gobierno por su política de privatización de la sanidad. Lola Perpetua había caído demasiado en gracia con el público español como para resultar inofensiva y lo que no tenía ninguna intención de permitir el gobierno era ser insultado a sus propias expensas. A Abel se le dio un ultimátum al que respondió con un especial en el que Lola Perpetua acudía al médico y se iba encontrando a todos uno a uno, desde el presidente del gobierno hasta la ministra de Sanidad. Tal vez el único error evidente fue incluir a la familia real. El programa se censuró antes de emitirse y se desató un revuelo cuando se filtró uno de los *sketches* grabados en el que la reina mantenía una conversación con Lola Perpetua mientras le hacían un tacto rectal. Se emitió en cadenas privadas, se desató el escándalo. Comenzaron las acciones legales y la caza de brujas. Las cadenas privadas fueron demandadas pero no se tardó en sospechar del propio Abel como el origen de la filtración, cosa que finalmente resultó ser cierta aunque nunca llegó a haber pruebas evidentes. Abel se puso a la opinión pública de su parte apelando a la libertad de expresión, mientras que la cadena trató de hundirle alegando insultos a la institución monárquica. Abel comenzaba a dejar de ser unánimemente simpático para el público español pero sus adeptos, a pesar de ser menos, se cohesionaron de una manera política, aullando la palabra «censura» a cada intento de vetarle.

Marcos recordaba que le vio al menos dos veces en aquella época. Una de ellas fue en esta misma casa, en el jardín, con Marisa. Nuria estaba sentada en una de las sillas y Marisa en el suelo, con las piernas cruzadas y acariciando a su último perro. Era un día de primavera, de comienzos del verano. Abel relataba frenéticamente la discusión con el jefe de la cadena y las dos mujeres reían a la vez en estallidos, con familiaridad y tan al unísono que daba la sensación de que eran recorridas por súbitas corrientes eléctricas. Recordaba que él tampoco podía evitar reír pero que a diferencia de ellas tenía la extraña sensación de que Abel estaba aterrorizado y que no sabía qué hacer. Si las demandas iban hasta el final o perdía alguno de los juicios no estaba tan claro que fuera a ser capaz de asumir los costes y sin embargo seguía embistiendo más enérgicamente que nunca desde la cadena privada que le había comprado el show cuando la pública rescindió el contrato.

El Abel de aquellos años era una mezcla de héroe de

clase obrera y suicida político. Había agarrado aquel filete con los dientes y tenía que llevar el espectáculo hasta el final, se lo pedían tanto sus defensores como sus enemigos, pero el lugar en el que *estaba* Abel era en realidad algo indefinido. Recibía y recogía embestidas pero sin ningún beneficio aparente. El personaje de Lola Perpetua corría el riesgo de dejar de tener gracia en cualquier momento, todo era más frágil de lo que parecía.

La otra ocasión en la que le vio fue de pura casualidad. Él salía de una conferencia de un físico de Cambridge en una fundación privada de Madrid y casi se dio de bruces con Abel que entraba en un restaurante acompañado de un hombre de aspecto elegante de unos cincuenta años. Le saludó tan sorprendido que él mismo se alarmó.

«No es más que mi cuñado», dijo dándose la vuelta hacia el hombre, como si tuviese que darle explicaciones y luego, volviéndose hacia él, «¿qué haces tú aquí?»

En otra circunstancia puede que hasta se hubiese llegado a ofender con aquella pregunta, pero resultaba tan evidente lo nervioso que estaba que ni siquiera se le ocurrió.

«Nada, salía de... ¿te encuentras bien?»

«Sí, claro que me encuentro bien.»

El hombre le puso la mano en la espalda para que entrara en el restaurante y Abel obedeció inmediatamente al contacto.

«Discúlpanos», dijo sin conocerle de nada, y él se apartó con docilidad, emanaba una autoridad tan extraña que no pudo evitar caer abducido por su poder. La puerta del restaurante se abrió y engulló a Abel de un solo trago y a continuación al hombre del traje.

¿Qué sucedió durante aquellos meses? Marcos tenía una teoría de la que llegó a convencer a Nuria, la de que algunos miembros del partido de la oposición se habían puesto en contacto con Abel y que había llegado a pactar inicialmente con ellos hasta que el asunto se le fue de las manos. Puede que sencillamente se limitaran a ofrecerle cobertura legal, tal vez llegaran a más. Se acercaban las elecciones y el personaje de Lola Perpetua, sin llegar a nada del otro mundo, podía resultar una carta útil a la hora de definir la opinión pública con respecto al partido del gobierno. Casi con toda seguridad se fue al traste por un golpe de improvisación del propio Abel. Como sucedía en sus *sketches*, Abel comenzaba a trabajar sobre una idea más o menos clara, pero la posibilidad de seguir un guión hasta el final le angustiaba tanto que se desviaba por el camino más imprevisible. Todos los colaboradores del programa decían lo mismo; era casi imposible trabajar a su lado: cuando los demás estaban siguiendo un guión, Abel no sólo salía por cualquier parte sino que acorralaba a los que estaban con él para que le siguieran en su improvisación.

Nunca se supo de dónde salió el dinero que hizo falta para los gastos de gestión, los papeleos, de dónde los supuestos senadores y los diputados, cómo puso de acuerdo a los inversores, si es que los hubo. Todo parecía tan precario que muy bien podía haber nacido de su propia financiación, Abel tenía mucho dinero ya en esa época. ¿Fue también una broma al principio? Era más que probable. En uno de los *sketches* de su nuevo show, Abel puso a Lola Perpetua en la puerta de un mitin político en el que era aplastada por las fanáticas juventudes del partido conservador mientras vendía bocadillos para el encuentro. De ahí nacían su supuesto odio a la política y sus deseos reformistas. Abel se mofaba de cómo ciertos políticos habían pasado en un tiempo récord de puestos cercanos al secretariado a dirigir comunidades autónomas: Lola Perpetua pasaba de ser presidenta de su comunidad de vecinos y vendedora de bocadillos a presidenta de un nuevo partido político: *Lola*. El lema («Lola a perpetuidad») pasó a ser un éxito de marketing tan brutal que Abel se hizo de oro sólo con la venta de camisetas. Marcos recordaba de aquella época cómo la universidad se llenó de pronto de una turbamulta de Lolas en camisetas de todos los colores con serigrafías de la cara de Abel con plumas de indio bajo la leyenda «Vote for Lola». A veces estaba dando clase, levantaba la vista y le costaba concentrarse ante aquellos dos, tres y hasta más rostros de Abel salpicados aquí y allá entre los estudiantes, rostros que parecían reírse (vía Lola) de él. Lo que había comenzado como un juego había generado un animal al que ahora Abel estaba obligado a alimentar: Lola. Parecía que había encontrado aquello que todos los cómicos buscan a lo largo de su vida de forma más o menos consciente: un personaje. El de Abel estaba a la altura de su creador, *encajaba*. Por un lado aglutinaba todos los intereses del viejo humor «blanco» que había practicado hasta aquel momento, pero también incluía otros nuevos. La maternidad, por ejemplo. ¿Estaba sobreinterpretando todo, se había vuelto definitivamente loco o era verdad que en aquel personaje de Lola Perpetua se abría una pequeña brecha a través de la cual se podía vislumbrar, aún momentáneamente, un reproche de Abel a Marisa? Lola Perpetua era madre de tantos hijos que los confundía constantemente. En cierto modo se trataba de una «madre coraje» pero en versión invertida: como no recordaba exactamente qué hijos eran suyos y cuáles no, había decidido mentalmente que «todos» lo eran. Abandonándolos a todos los acogía a todos, no atendiendo a ninguno los hacía a todos suyos. Los llamaba de cualquier manera, los trataba de cualquier manera, una especie de desatención cariñosa y brutal al mismo tiempo. Muchos de los *sketches* más famosos de Lola tenían que ver precisamente con eso: decía siempre el mismo nombre, Florián, pero cada vez aparecía un hijo distinto. Hasta la manera de «hacer hijos» era interesante: Lola estaba haciendo cualquier cosa en el *sketch* cuando de pronto se oía un ruido y se oía un llanto de bebé: se agachaba y cogía al niño que acababa de parir.

Marcos tenía en ocasiones la sensación de ser el único que «entendía» lo que estaba tratando de decir Abel. Era una sensación fascinada, como si en cierto modo sólo él pudiese percibir aquel aullido subliminal. No era que Lola hubiese sido preñada por alguien y diese a luz continuamente (había una parte del discurso paralelo que jugaba con la idea de la promiscuidad de Lola), en realidad se trataba de algo casi metafísico, como si la naturaleza del personaje de Lola Perpetua fuera la de alguien que se estaba preñando a sí misma sin parar, una especie de energía, de furia. Igual que otros cómicos creaban sus personajes con su talento, Abel había creado uno con su decepción. No se trataba sólo de una decepción política. Era una decepción global: familiar, amorosa, vital, y lo que había surgido de esa guerra interna de Abel era Lola Perpetua, parecía un ultimátum a la vida, un último intento de tomarse todos esos temas en serio por última vez, pero a través de la risa, o lo que era lo mismo: *doblemente* en serio.

A nadie le sorprendió que se presentara a las elecciones generales (había que llevar la broma hasta el final), lo que sí sorprendió fue que aglutinara de una manera tan radical el voto adolescente. Durante casi dos meses se dedicó a recorrer los campus de casi todas las universidades de provincias españolas. Los mítines políticos de Lola no eran más que las tres entregas semanales del nuevo show ideado por Abel para las elecciones: *Vote for Lola*. Abel mezclaba en la edición un tono de falso documental en el que se veía a la candidata detrás de los escenarios pero también sobre ellos: los discursos eran verdaderos discursos, grabados legal o ilegalmente tanto en auditorios como en pequeños campos de fútbol universitarios, y durante la mayor parte de ellos Abel se dedicaba a leer declaraciones que habían hecho los políticos de los partidos principales y a ponerlos en evidencia con sus propias palabras. En más de una ocasión Marcos recordaba haber leído en la prensa que Abel había optado por los campus de las universidades para hacerse con un voto «infantil e inexperto», pero lo cierto era que aquellos programas estaban preparados hasta el milímetro, con una profesionalidad y un radicalismo difícil de sostener sin que se desmandara. Abel había elegido a los adolescentes, pensaba Marcos, porque en realidad eran su público natural; no es que estuvieran defraudados de la clase política oficial (para estar defraudados habría sido necesario haber creído antes en ellos y ni Abel ni los universitarios a los que se dirigía lo habían hecho), era que sencillamente hablaban idiomas distintos. El proyecto de Abel no era proponer una enmienda al sistema sino poner de manifiesto su inutilidad, y para eso tenía el delirante propósito de hacerse con un escaño para sentar en el Congreso de los Diputados un maniquí de Lola Perpetua.

Marcos recordaba que le vio una vez en acción. Fue casi al principio del programa y habían cenado la noche anterior con Nuria en su casa.

«¿Vas a estar mañana en la universidad?», le preguntó.

«Sí, ¿por?»

«Pásate por el paraninfo a las cuatro de la tarde.»

A las cuatro de la tarde del día siguiente le vio salir desde una especie de furgoneta-minibús directamente hacia un escenario improvisado que había levantado junto a los campos de deporte. Iba disfrazado de Lola Perpetua. Pasó a apenas tres metros de donde estaba y a pesar de que le gritó varias veces ni siquiera se inmutó, caminaba envuelto en una nube de estudiantes y con una determinación que no le había visto jamás, como si estuviera bajo la influencia de una sesión de hipnosis. Hasta su cuerpo parecía más grande o tal vez más elástico. Surgían de él movimientos distintos, más juveniles. Sobre el escenario había un cartel elemental que decía «Vote for Lola», un estrado con un micro y una silla en la que había una reproducción de Lola en versión maniquí. Había un público total de unas trescientas personas que se triplicó en la hora que duró el discurso.

Abel estuvo durante casi cuarenta minutos ridiculizando a todos los políticos nacionales, imitando sus voces, chillando, llamando Florián a todos los estudiantes y prometiendo sentar a aquel maniquí de Lola en el Congreso si conseguía un escaño. «Sentar a ese maniquí para que el descontento quede por fin legítimamente representado. Tendrán que darse la vuelta y mirar a este fantoche sentado a su lado como a un igual.»

Había algo del mundo de Abel que le arrastraba con él, que le inclinaba a estudiarle, a estar atento. Una especie de juventud abierta, de sentido de la revancha y de la soberanía. Durante toda aquella campaña de Lola Perpetua ni Nuria ni él se perdieron un solo programa. Marcos recordaba que Nuria estaba entusiasmada con el proyecto y Marisa también. Pasaron muchos fines de semana en esta misma casa de Marisa rodeados de cajas de camisetas, chapas, pancartas. En aquella época la casa de Marisa se convirtió en una especie de cuartel general de Lola. Marcos no podía evitar verles a los tres desde fuera: la madre abandonadora, el payaso, la necesitada Nuria, una familia al fin, como si hubiese venido literalmente un mago y con un golpe de varita hubiese creado aquella envoltura mágica de la campaña política de Lola Perpetua para darles un espacio triunfal. Los movimientos de Nuria eran relajados y tranquilos. Marisa y el novio de aquella época preparaban una escultura gigantesca de Lola en poliuretano. La casa entera tenía algo de parque infantil, estaba llena de voluntarios que entraban y salían del hormiguero hacia la reina madre de Abel, que ordenaba y disponía todo con resolución. Había una chica extraordinariamente guapa, de unos treinta años, que tenía aspecto de ser su amante y cuya mirada le dejaba a Marcos sin aliento cada vez que se cruzaba con ella en el pasillo. Estar ahora en la casa de Marisa, con Marisa ya muerta y Abel retirado, le daba a aquel recuerdo un aire mítico y maravilloso, y al de aquella chica, a la que seguramente Abel acabó abandonando a las primeras de cambio y que parecía tan entregada a la causa como inconsciente de su propia belleza, un andar legendario, como si se tratara de una princesa de incógnito. ¿Qué sería de ella? Ni siquiera recordaba su nombre. ¿Dónde estaría ahora? No había pasado tanto tiempo en realidad...

«Quiero ser una buena mujer para ti», le dijo Nuria una de aquellas noches, «sé que muchas veces no lo soy.» Recordaba su piel tostada por el sol, enrojecida por el calor y la alegría del esfuerzo, el sabor de su saliva. Todo era sencillo, elemental, agradable. Y más aún: esperanzado. ¿Pero qué se creían, que iban a ganar las elecciones generales o algo parecido? ¿Que iban a conseguir el millón y medio de votos necesario para levantar un escaño en el Congreso? Puede que sí, puede que en el fondo sí se lo creyeran.

El periódico lo tituló en un artículo breve (tras el especial que dedicó a los principales candidatos y a una imprevisible victoria conservadora que desalentó a todo el país) «El sueño del payaso». Un artículo en el que se traslucía cierta simpatía por el proyecto de Abel pero que también tenía esa irritante manera de calificar moralmente los proyectos más idealistas cuando ya han fracasado. Aseguraba que la democracia española podía respirar tranquila del bochorno internacional que habría supuesto que un millón y medio de ciudadanos hubiesen elegido sentar a un maniquí el en el Congreso, pero elogiaba que la presencia permanente de Abel Cotta hubiese supuesto un reto constante para los políticos. El tono de aquel artículo fue el que adoptó casi toda la prensa especializada: parecían estar agradeciendo al (niño) Abel que su estímulo hubiese hecho que los adultos se comportaran como verdaderos adultos. A nadie se le ocurrió pensar, tal vez ni siquiera al propio Abel, que no había sido un fracaso. Lola Perpetua había recibido la friolera de cuatrocientos mil votos en todo el país. Cuatrocientas mil personas se había levantado en la mañana de las elecciones generales, se habían duchado, habían desayunado y habían acudido al colegio electoral para meter en un sobre un papel en el que manifestaban su deseo de sentar un maniquí en el Congreso. ¿No era eso una victoria?

Abel tardó varios días en reaparecer. Fue un discurso delirante, basado o inspirado lejanamente en el discurso final de *El gran dictador* de Chaplin. Al igual que en aquella película Chaplin subía al estrado con gran solemnidad y lentitud, en el *sketch* de Abel Lola subía cariacontecida y seria hasta la tribuna, saludaba al maniquí, la única persona presente a sus espaldas como si le hubiesen abandonado todos sus seguidores, y comenzaba a vociferar en una lengua inventada e incomprensible su último discurso. Era un sonido extraño y dotado de una cadencia que hacía imaginar un sentido que en realidad no tenía. Abel quería desarmar el personaje de Lola frente a todo el mundo, en directo, finalizar con una nota hueca y un chasquido de dedos, como un mago de barrio. Sólo dijo una frase comprensible. La última de todas. Lo hizo con una media sonrisa. Cuanto más la pensaba Marcos, más fantástica le parecía. Se volvió hacia la cámara, hizo un movimiento leve con los hombros, como si los destensara, y dijo:

«Haced de todo esto el uso que queráis.»

Recordar aquel discurso frente al ventanal de Marisa tenía un punto pragmático, como si la memoria fuese ordenando con la astucia y la solvencia de un ama de llaves una habitación que había estado desordenada demasiado tiempo. Llevaba un buen rato sin nevar pero todavía se deslizaban de los pinos copos de nieve solitarios, pequeños suicidas diminutos. Se levantó de la silla y se acercó hasta la ventana. Apoyó la cabeza en el cristal y el frío en la frente casi le pareció agradable comparado con el calor que hacía en la casa.

«No sufras tanto.»

Se dio la vuelta de un golpe. Abel estaba apoyado en el dintel del estudio.

«No sufro tanto», respondió, sonriendo, «hace demasiado calor en esta casa.»

«Entonces sí sufres.»

Sonrió de nuevo. Hubo un pequeño silencio, ninguno de los dos se movió. Así era una parte del humor de Abel, pensó en una centésima de segundo: tomarse las cosas literalmente. Cualquier cosa tomada literalmente se convertía en cómica, por eso el humor no estaba basado en lo irracional sino en lo racional, no en la falta de lógica sino en la lógica aplastante. Abel llevaba todavía el abrigo puesto, tenía la cara enrojecida por el frío o tal vez por el calor del contraste. Parecía más joven de nuevo, casi el mismo Abel de toda la vida. El esfuerzo físico le había hecho recuperar la lozanía.

«Hacía años que no veía nevar», dijo al final.

«Pues parece que vas a verlo más todavía. La previsión es que esté nevando toda la semana.»

«Me alegro... Y tú, ¿qué hacías, cuñado?»

«Oh, nada...», respondió dudando si decir o no la verdad, «estaba escribiendo un... nada.»

«Suena prometedor.»

«Ja, menos de lo que parece.»

Ahí estaba Abel Cotta. Abel Cotta, pensó. Ahí estaba empeñado cordialmente en charlar con él, en darle conversación, un poco aturdido aún, menos frío de lo que había pensado, pero también más misterioso. Había esperado no sentir más admiración por él pero no era cierto, la sentía aún, la sentían todos, flotaba en el aire como el tallado preciso de los objetos extraordinarios. Era el hijo pródigo, a nadie le importaba ni lo más mínimo en qué hubiese dilapidado la herencia, todo el mundo le quería de vuelta en casa. Pero este hijo pródigo no parecía tener ninguna intención de regresar.

«Estaba pensando que me gustaría hacer la cena de Nochebuena a mí», dijo al final. «Creo que voy a bajar al pueblo para comprar cordero antes de que sea demasiado tarde...»

«Pensaba que *venías* del pueblo.»

«No, he estado en el monte... ¿Me echas una mano? He ido a avisar a Nuria pero está dormida.»

Bajaron casi en silencio en el coche que había alquilado Nuria. Tenía un inquietante olor a nuevo. La siniestra neutralidad de los coches de alquiler, su higiene, su *buena disposición*. En otra ocasión tal vez Marcos habría hecho más esfuerzos para comunicarse con Abel y de hecho le sorprendía un poco a sí mismo no estar haciéndolos en ese instante. Abel miraba la carne y los alimentos en general de una manera un tanto miope, como si su mirada zumbara sobre la comida sin llegar a apetecerla del todo. Lo único que sabía hacer era cordero al horno pero era verdad que lo hacía extraordinariamente. Pasaron por delante de la frutería y las verduras casi sin detenerse:

«La fruta luego.»

Y cuando llegaron frente a la carne se detuvieron como dos exploradores que analizan un tesoro que les ha hecho cruzar la tundra.

«¿Qué te parece?»

«Bien.»

«¿Esa de ahí?»

«Pequeña.»

«¿Y ésa?»

«El color.»

«Sí.»

Las paletillas de cordero estaban desplegadas tras el vidrio del mostrador, lustrosas, contundentes, frías. El carnicero las había dispuesto en una actitud tan narrativa y elocuente que sólo admitía la admiración exclamativa. Todo el mundo había reconocido a Abel en el mercado pero nadie se había atrevido a decir nada hasta que llegaron a la carnicería.

«Abel Cotta», dijo el carnicero, señalándole con entusiasmo.

«Sí.»

«No me reconocerás pero recuerdo que te vi hace dos o tres años en ese mismo sitio en el que estás ahora, yo acababa de empezar a trabajar, tu madre vivía por aquí, ¿no?»

«Así es, ¿tienes un buen cordero para nosotros?»

El carnicero hizo un gesto teatral. ¿Cuántos años tenía? ¿Cuarenta y cinco? ¿Cincuenta? Había cuatro generaciones de feos en ese carnicero, cuatro generaciones de feos dejando sus genes con meticulosidad y paciencia para llegar a aquella fealdad.

«¿Que si tengo un buen cordero? ¿Que si tengo un buen cordero?», preguntó saliendo disparado hacia la cámara de frío y desapareciendo tras ella, y todavía se escuchó una última vez desde el interior de la cámara. «¿Para cuántas personas?»

«¡Cuatro!», gritó Abel hacia la puerta entreabierta.

Se asomó una cabeza indignada.

«¿Cuatro?»

«Sí, cuatro.»

El pensamiento cruzó la mirada del carnicero como la sombra de un jinete a lo largo de un desierto.

«Dame un segundo.»

«Claro.»

«¿Cuatro?», preguntó Marcos.

«Ahora te explico.»

Cinco minutos después cargaban con una paletilla de cuatro kilos, frutas, verduras, barras de pan, pasteles artesanales, alcohol y cigarrillos para un regimiento de vuelta hacia el coche.

«¿Quién viene a cenar mañana?»

«Mi pareja», contestó Abel.

«¿Vive en Madrid?»

«No. Está volando justo ahora, llega mañana a mediodía. No le digas nada a Nuria, quiero que sea una sorpresa.»

Y como Marcos no contestó nada, Abel añadió:

«Cuñado.»

«Qué.»

«No me arruines la sorpresa, no digas nada, prométemelo.»

Era extraño lo poco que pensaban en Marisa a pesar de estar en la casa. La recordaban de pronto, pero no lo comentaban. La muerte de Marisa era anárquica, tenía pocas tonalidades, aparecía y desaparecía. Incluso Nuria, la que más la había sufrido a lo largo de todo aquel año, parecía ahora contenta con la idea de que hubiese pasado a un discreto segundo plano. Eran los objetos de la casa los que provocaban el recuerdo más que los corazones o la inteligencia. A veces casi olvidaban que no estaban en su casa (la conocían tan bien que resultaba un poco indignante la eficacia con que anulaban la necesidad de su verdadera dueña), hasta el banco del jardín contra el que se había partido la cabeza Marisa seguía totalmente cubierto por la nieve, como un almohadón de plumas.

Tal vez el que más la echaba de menos en aquellos momentos era Marcos. Marisa siempre había sido una maravillosa aliada para relacionarse con la criatura bicéfala que componían Nuria y Abel. «Nada une tanto a dos personas (y en ese orden) como sufrir y reír juntos.» ¿De dónde había sacado aquella frase? ¿De un libro, de boca de alguien? Si era cierta, y todo parecía indicar que lo era, resultaba difícil pensar que hubiese dos personas que estuviesen más unidas que Nuria y Abel, unidas de una manera orgánica. Habían tenido una infancia propia de un cuento de Dickens y una juventud de los hermanos Marx. Con Marisa él se había sentido desde el primer minuto como un cómplice: los dos quedaban *fuera*. Fuera de la comprensión, fuera del juego, fuera del mundo. Eran observadores. Y siempre, por supuesto, aquellas frases suyas: «Lo peor son los cambios de guardia», «Yo me propondré no morir y no moriré», «Tengo hambre desde que nací».

¿Acaso podía hacer Marcos de sí mismo un retrato con frases, una imagen externa, neutral, compuesta por cosas objetivas e imposibles de interpretar: gestos, fotografías, palabras? Una sensación había comenzado tenuemente desde que cogió el coche para venir a esta casa y ahora ya resultaba incontestable: el orgullo. Le parecía divertido estar disfrutando ahora de algo que la velocidad del curso académico y la acumulación de novedades le había impedido disfrutar: el sencillo triunfo de haber conseguido publicar el artículo. Lo sentía como algo abrupto, una súbita sensación de triunfo sobre el mundo. Arrogancia, sí, ¿por qué no un poco de arrogancia? Había estado flotando en su alma durante todo el día, desde el desayuno hasta el paseo al pueblo con Abel para comprar la carne, y ahora se ponía de manifiesto por contraste, lo hacía de una manera un poco infantil, un poco agresiva. Él tenía y *ellos* no. Ni siquiera era necesario hacérselo saber a nadie, el orgullo funcionaba como un carburante interno.

«¿Adónde habéis ido?», preguntó Nuria en cuanto le vio entrar por la puerta de la habitación. Estaba en la cama tumbada pacíficamente con un libro que no parecía tener nada de pacífico: *Los orígenes del totalitarismo*.

«A comprar carne para la cena de mañana.»

«¿Por qué no me has avisado?»

«Ha entrado Abel y me ha dicho que estabas dormida.»

«Estaba leyendo», se quejó Nuria.

«Tampoco hemos hecho nada del otro mundo, sólo la compra.»

Nuria hizo un mohín y volvió a hundir la mirada en el libro. Se había cambiado de ropa y se había tumbado a leer. Siempre le había gustado ver leer a su mujer, fruncía un poco el ceño, había algo desapacible en el brillo de sus ojos. Le parecía estar viendo una máquina muy eficaz en la plenitud de su rendimiento. ¿Cómo era posible que un mismo gesto provocara en distintas situaciones reacciones casi diametralmente opuestas?

«Nuria», dijo de pronto Marcos. El rostro se suavizó al levantar la mirada del libro.

«Qué.»

«Si tuvieses que hacer un retrato de mí, no me refiero a un retrato estrictamente físico, sino a un retrato... general. Si tuvieses que explicarle a otra persona cómo soy yo..., ¿qué harías?»

«¿Un retrato cómo?»

Se arrepintió de inmediato.

«Un retrato...»

«¿Te refieres a un texto o a una conversación?»

«Me refiero a...»

Ah, cómo se arrepentía... Nuria haría preguntas sólo para ganar tiempo, preguntas que acabarían siendo irritantes. Y al final terminarían discutiendo, utilizando cualquier pretexto. Cuando estaba a disgusto en su cuerpo le salía aquella forma de ser espantosa; o le entendían a la primera o no podía evitar sulfurarse. Le envolvió una desazón difusa y volvió a salirle el orgullo.

«Nada, olvídalo», dijo dándose la vuelta.

«Eh, ¿qué te pasa?»

«Nada», dijo agarrando el pomo y abriendo la puerta.

Nuria dio un salto de la cama, un salto juvenil. Le detuvo junto a la puerta como si fuese una heroína de tebeo. Tenía de pronto una belleza distinta, más reposada. A Marcos le pareció que por un momento era capaz de vislumbrar a la anciana en la que se iba a convertir Nuria. Le parecía estar viendo sus rarezas excéntricas, rarezas que sólo él entendería y que no se molestaría en explicar a nadie.

«Eh...»

«Qué.»

«Ven conmigo.»

Marcos se dejó llevar hasta la cama. De todos modos la

irritación persistía, tenía que ver con él, sólo con él. Nuria le obligó a tumbarse en la cama. Se acordó de pronto del secreto que le había prometido guardar a Abel sobre la llegada de su pareja. Tuvo el súbito deseo de contárselo, pero no lo hizo.

«Cuéntame eso del retrato.»

«Tengo que escribir un autorretrato, una tontería, para acompañar el artículo que va a salir en la revista. El asunto me tiene bloqueado desde hace una semana, no sé cómo hacerlo, no es más que eso.»

«¿No hay ningún ejemplo que me puedas enseñar?»

«No, aquí no tengo ninguno.»

Resultaba irritante y enternecedor a la vez cómo Nuria fingía interés sin sentirlo realmente. Le había llevado hasta la cama sólo por tenerle cerca, como esas madres que de repente cogen con delicadeza el juguete roto que les acaba de traer su hijo compungido hasta las lágrimas diciendo *no te preocupes que yo te lo arreglo,* para darse la vuelta de inmediato y seguir con la conversación que estaba manteniendo con su amiga olvidando el juguete en cualquier parte. Como en la vida de ese niño, también en la vida de Marcos lo ordinario acababa triunfando sobre lo dramático.

«Tengo hambre, ¿tú no?», preguntó al final Nuria.

«¿Yo? *Tengo hambre desde que nací.*»

Cuando se despertaron a la mañana siguiente lo único que vieron fue una nota de Abel en la que decía que estarían de vuelta después de comer, a tiempo para preparar la cena de Navidad.

«¿A quién ha ido a buscar?», preguntó Nuria.

Marcos pensó que ya no tenía mucho sentido seguir

callado. Muy típico de Abel: le pedía que guardara un secreto y luego escribía una nota en la que daba por descontado que se había ido de la lengua. Se lo contó a Nuria.

«¿Y no te ha dicho nada más?»

«Nada.»

«¿Será colombiana?»

«¿Cómo quieres que lo sepa?»

La cena de la noche anterior había sido como en los viejos tiempos. Abel y Nuria se habían reconciliado casi sin necesidad de decirse una palabra. Marcos recordaba haber llegado en cierto momento a la cocina y haberles visto sentados a los dos, charlando en voz baja. Nuria abrazó a su hermano en cuanto Marcos entró, como si la presencia de un tercero no hiciera posible continuar con una charla que por otra parte ya parecía haber terminado. Cocinaron pasta y se bebieron dos botellas de un vino prohibitivo que quedaba todavía en la bodega de Marisa, aunque sin comentar su procedencia. Y en un momento de especial buen humor Marcos dijo:

«Qué, ¿te ha convencido ya para que te quedes y no vendas tu parte de la casa?»

«No, no me ha convencido, ni me convencerá», respondió Abel sin perder la sonrisa ni el buen humor.

«Tiene preparadas armas secretas y mortales.»

«Yo también.»

Nuria sonrió. Continuaron en el cuarto de estar, frente a la chimenea. Se pasaron dos horas bebiendo whisky y comentando anécdotas de la campaña de *Vote for Lola* que les hacían reír a los tres a carcajadas antes de que las hubieran terminado de contar. La sensación de que todo había sucedido ayer no suponía una contradicción con la de que había sucedido en otro mundo, en otra vida. Llegó a haber incluso un instante de gracia y suspensión extraña; Abel se volvió hacia los dos y utilizando el tono de voz que utilizaba para la voz de Lola dijo:

«Pásame el whisky, Florián...»

Fue como si en una centésima de segundo Abel hubiera convocado a un muerto imitando un gesto suyo o como si hubiera sido poseído tal vez como un médium por el espíritu de un familiar. Por mucho que supieran que Abel podía interpretar el papel de Lola cuando quisiera, tanto Nuria como él parecieron darse cuenta de pronto de que era así con un espanto asombrado: el personaje de Lola vivía en Abel como una posibilidad constante, Lola era Abel y bastaba un movimiento de cejas y un tono de voz para convocarla. Hubo un instante de silencio.

«Florián», repitió Abel, «el whisky...»

Se habían acostado de tan buen humor que ahora le daba miedo que Nuria se disgustase por lo del secreto. No lo hizo. El buen humor de la noche anterior persistía aún en el desayuno. Nuria siguió untándose pensativamente la tostada con mantequilla durante unos segundos y al final dijo:

«¿Sabes qué? He estado pensando en lo de tu autorretrato.»

«¿Ah, sí?», respondió Marcos.

«Sí, es difícil, no me extraña que estés atascado. Y más aún tú.»

«¿Por qué *más aún* yo?»

«Porque una de tus mejores virtudes es que no te enteras de lo atractivo que eres.»

Nuria le sonrió. En momentos como ése se ponía siempre de manifiesto su timidez: decía un piropo pero luego sentía la urgente necesidad de apartarlo a un lado. No servían de nada todos los años de convivencia, todas las pruebas pasadas, todos los sufrimientos, todas las aproximadamente mil cien veces (lo calculó un día) que habían hecho el amor. Nuria hizo una pausa dramática. Cuando estaba de buen humor era especulativa. Tenía algo escolar y teatral a la vez, hablaba un poco más despacio pero sin pose, como si una fuerza absorbiera energía desde el interior y tuviese que ir racionándola poco a poco.

«Me gustaría ver cómo lo han hecho los otros científicos, de pronto me produce mucha curiosidad. ¿De qué hablan?», preguntó.

«Casi todos de su infancia o de sus primeros experimentos. Una mujer me impresionó, era un retrato sencillo, no sé de qué hablaba, de sus dos maridos, de la muerte de una hija suya, de nada en particular, pero me impresionó.»

«¿Y tú?»

«¿Yo qué?»

«¿Qué fue lo primero que se te vino a la cabeza cuando pensaste en escribir tu autorretrato?»

«Pensé en los pepinillos, las berenjenas y las aceitunas, en el olor a pimentón y a salmuera», respondió tratando de hacerla reír.

«Habla de eso», respondió Nuria seriamente.

«¿Cómo voy a hablar de eso?»

«¿Y por qué no?»

«¿Cómo que *por qué no*?»

«Sí, ¿por qué no? Si eso fue lo primero que te vino a la mente tal vez es porque en esa imagen hay algo que no has resuelto aún.»

«Supongo que lo que me hizo acabar estudiando, más que un verdadero interés por la física, fue el deseo de huir de Toledo.»

«Muy bien, ¿por qué no empiezas por ahí?»

«¿Y qué hago? ¿Describo la catedral?»

«Ayuda un poco», dijo Nuria.

Se quedó un segundo en silencio, sabía que se iba a enfadar si seguía más adelante y que lo haría sin motivo porque en el fondo entendía la lógica del razonamiento de Nuria. Un razonamiento «literario» compuesto por frases, frases que tenían sentido y que debían organizar un sentido aún mayor. Tal vez por eso su corazón científico le impedía tomarse en serio la literatura y la filosofía: se veía demasiado claramente a un hombre moviendo los hilos entre bambalinas tratando de hacerlo encajar todo. Otorgar sentido, organizar esa «frase» era un acto de ficción y él quería acercarse a su vida de otro modo, de una manera neutral: frente a él se desplegaba un problema que debía investigar y para el que tenía que encontrar una *explicación*.

«Entiendo lo que quieres decir pero no funcionaría», dijo para acabar con la conversación, pero la idea de Nuria siguió en el aire durante toda la mañana, el olor…, ¿cómo se podía describir aquel olor? Si no fuese comestible casi se podría decir que tenía todos los ingredientes de un verdadero perfume: la presencia, los contrastes, la sugerencia. Pero era a la vez algo más: irritante, inaplazable, difícil de lavar. Ah, y una cualidad esencial…, *repetía*. Flotaba sobre él toda una retórica de fábula con moraleja en suspenso. Casi le daban ganas de llamar a su padre para que le diera una pista.

Esa misma mañana le había llegado al móvil un mensaje de su padre en el que le felicitaba por la Navidad. Una nota escueta que decía: *Feliz Navidad, hijo. ¿Cómo va todo? Llama cuando puedas.* De pronto pensó que ni siquiera les había contado lo del artículo y se sintió descuidado. A aquellas alturas había tantas cosas que tendría que haber contado que el sencillo hecho de planteárselo generaba en él un estado de desidia del que no sabía ni cómo salir. Desde hacía años la relación con su padre (la de su madre se podía decir que ni siquiera existía) se había quedado paralizada por no poder resolver lo elemental. La vergüenza que le producía tener que confesar que había cosas que no había contado le impedía contar otras que sí le hubiese gustado compartir con él. Había algo parecido a un vértigo o a una angustia suave cada vez que hablaba con él por teléfono. Su padre siempre era cariñoso y amable, le preguntaba por Nuria y por la facultad, le preguntaba si necesitaban cualquier cosa y él respondía bien, también bien y nada, no te preocupes. A continuación entraban en el terreno de alguna anécdota banal, generalmente con pretensiones de cómica, que había sucedido en Toledo o en el barrio de su infancia durante esas últimas semanas, una anécdota que tal vez su padre se inventaba por pura buena voluntad y por un sincero deseo de que la conversación no acabara ahí, de cualquier manera. Y los dos se esforzaban entonces: su padre en contarla y él en aparentar que le interesaba. Como habían hecho toda la vida, se hacían entender su cariño de una manera cifrada y un poco penosa y tras cinco o diez minutos de lucha verbal, de risas un poco forzadas y de palabras de afecto ahogadas o pronunciadas con timidez los dos colgaban el teléfono con un suspiro de alivio simultáneo, uno en Madrid y el otro en Toledo.

Durante unas décimas de segundo estuvo a punto de marcar el número de su padre pero desistió. Mejor luego, dijo utilizando como pretexto que estaría en la tienda y que seguramente no le podría atender. Dudó si escribir o no un mensaje y finalmente se decidió. *Todo bien, papá, Abel está de visita, te llamo luego*. A lo que su padre contestó a una velocidad tan vertiginosa que le hizo sentirse peor porque era la prueba indudable de lo pendiente que estaba del teléfono. *Ah, qué bien. Sí, llama luego, no te olvides*.

Fue una mañana vacacional, de una calma sospechosa. Hicieron nada y les faltó tiempo para acabar con todo: meter leña en casa para la chimenea, limpiar la entrada, arreglar la habitación, ducharse, preparar la comida, comer, lavar los platos..., todo lo hacían despacio, dilatando los movimientos y con largos intervalos entre acción y acción, se asomaban a la ventana para ver la nieve que ahora comenzaba a deshacerse con la lluvia fina que caía a ratos. Aquí y allá, congeladas como hombres de Atapuerca, asomaban la cabeza algunas esculturas de Marisa, pero lo hacían de una forma nada amenazadora, eran visitantes de fábula del bosque. Luego leían un poco, esperaban. Hacía años en realidad que no esperaban de aquella forma rendida. A Marcos le daba la sensación de que Nuria había decidido algo en su interior, algo que la había tranquilizado y que tenía que ver con Abel, él comenzaba a sentir auténtica curiosidad por conocer a su nueva pareja.

Llegaron a la hora que habían prometido, poco después de comer.

«¡Ya estamos aquí!», gritó Abel nada más entrar en casa, y ellos tiraron los libros que estaban leyendo y salieron corriendo tratando de mantener la dignidad pero casi tropezándose el uno con el otro al cruzar la puerta. Mina estaba un poco cansada del viaje, fue lo primero que dijo Abel, y los dos se volvieron hacia aquella mujer en la que no había ni el más mínimo gesto de cansancio. Todo lo contrario. Parecía la más descansada y lozana de los cuatro. Era bonita, aunque menos de lo que habían pensado, con la piel suave y una leve pelusilla en la parte inferior de la mandíbula que le daba un aspecto casi adolescente. Como mucho, tendría unos veinticinco años, pensó Marcos.

«Tomamos un café y luego descansaremos un poco para que Mina pueda estar entera en la cena», dijo Abel.

Hubo un extraño silencio, nadie había escuchado a Abel adoptando un tono tan razonable en la vida, por eso durante unos instantes los dos se quedaron en suspenso por la actitud de la muchacha, más que por su presencia. Parecía parte de un decorado, hasta sus gestos eran absolutamente inéditos, de una gentileza rayana en la sumisión.

«Nunca había oído ese nombre, Mina», dijo Marcos por decir algo.

«Es Guillermina en realidad, pero todos me llaman Mina.»

«Claro, cómo no», respondió él de una manera un tanto absurda, como si lo más natural fuera hacer lo posible por tapar aquel nombre de alguna manera.

«Me gusta Guillermina», añadió Mina. ¿Lo hizo para castigarle por el comentario? No parecía posible porque de inmediato se volvió hacia Abel y luego hacia Nuria con un gesto encantador.

«Tú eres Nuria», dijo.

«Yo soy Nuria.»

«He soñado contigo en el avión, mientras venía.»

«Ah, ¿y cómo era el sueño?», preguntó Nuria teatralizando el halago.

«No lo recuerdo, sólo sé que estabas en él, pero no había visto tu cara nunca y no sabía cómo eras.»

«Pues ahora sabes como soy.»

«Sí, ahora lo sé.»

«Quiero decir, por si sueñas otra vez.»

«Sí, claro.»

Marcos no pudo evitar reír.

«Un poco surrealista todo esto, ¿no?», exclamó con jovialidad esperando que todos estallaran en una carcajada que destensara el ambiente, pero nadie lo hizo. Mina se volvió hacia él como si todavía le faltara algo por decir, algo que convirtiera en cómico su comentario, Abel ni siquiera lo percibió y Nuria se lo tomó como una ofensa personal.

«¿Qué tiene de surrealista?»

«Nada.»

«Bueno, lo dicho, ahora nos vemos», dijo Abel agarrando la maleta de Mina, «vamos a descansar un poco y luego me pongo yo con la carne. Si queréis os podéis encargar vosotros de la ensalada...»

Ni Marcos ni Nuria se acordaban siquiera de haber respondido. Durante unos segundos debieron de quedarse en aquella misma postura, petrificados en medio de la entrada, viendo cómo se alejaban Abel y Mina hacia la habitación. Vistos desde atrás tenían una silueta particular: Abel parecía un poco más patoso y se inclinaba sobre ella para preguntarle algo, ella le había puesto una mano en la cintura. Tenía una figura pequeña pero bonita y proporcionada, como si se hubiese quedado estancada en el último estado de su evolución corporal. Y su rostro..., acababa de darse la vuelta pero parecía de inmediato más hermoso al ser recordado que al ser visto. A Marcos le parecía que tenía la barbilla muy fina y que tal vez era eso lo que le daba un aspecto aniñado: los ojos y los labios eran claramente los de una mujer adulta.

Cinco minutos más tarde Nuria cortaba a toda velocidad las verduras para la ensalada, una destreza que le había quedado de un curso de cocina de dos semanas que hizo durante el verano anterior. Había intentado enseñarle a él mil veces pero jamás conseguía que le saliera como a ella, y utilizaba todo el brazo como si el impulso para cortar proviniera del hombro más que de la mano.

«¿Te parece guapa?»

«Sí, creo que sí, no estoy muy seguro.»

«Ya», dijo Nuria confirmando tal vez la misma sensación.

«En realidad, no sé por qué me parece que pegan bastante», siguió él. No lo creía en absoluto pero tenía necesidad de oír aquella frase en voz alta. Al hacerlo le pareció más verdadera que falsa.

«¿Tú crees?»

«Sí, creo que sí.»

Y, tras un silencio, Nuria se volvió bruscamente:

«¿Estará embarazada?»

«No creo.»

«¿Por qué no?»

Tampoco tenía para aquello ninguna respuesta. El propio tema del embarazo era complicado entre los dos y no tenía intención de sacarlo ahora, cada vez que salía dejaba por algún motivo el aire enrarecido. Era sin duda la conversación pendiente y aplazada más desagradable de todas y Nuria había hecho algo que sólo ahora podría comenzar a reprocharle; utilizar la muerte de Marisa para zanjar el asunto. Antes de que muriera Marisa habían estado «intentándolo» (hasta la palabra sonaba desagradable pensada en esos términos y en ese contexto, como si catapultara de inmediato imágenes decimonónicas, enfermeras con cofia de monja sonriendo mientras pensaban perversidades y veterinarios con una jeringuilla de plástico llena de esperma) durante casi cuatro meses. Lo decidieron tras una cena en un restaurante italiano que quedaba cerca de casa y del que Nuria alababa siempre tanto las pizzas como la belleza del *pizzaiolo*.

«Qué guapo es ese chico, ¿no?»

No era tan guapo en realidad y eso era lo más inquietante. A continuación hablaron de tener un hijo. Lo habían hecho, por supuesto, otras veces, siempre de una manera genérica. ¿A quién no le apetecía tener un hijo de una manera genérica, un hijo que fuera idéntico a uno pero en una versión de una alegría luminosa, leal, siempre dispuesto a la monería pero impresionantemente inmóvil y pacífico durante las horas de sueño? Y lo cierto es que, a pesar de que su versión mental era por supuesto mucho más realista y científica, los dos pensaban en él en unos términos no muy distintos. Aquella noche lo hablaron directamente.

«¿Quieres que deje de tomar la píldora?»

Gracias a Dios no utilizó aquel plural diabólico con el que las mujeres de su generación trataban a veces de hacerle entender a sus hombres sus responsabilidades compartidas: ¿Quieres que *dejemos* de tomar la píldora?

«Sí», dijo él con gran resolución aunque sin sentirla. Intuía vagamente que la resolución formaba parte de un equilibrio preciso en situaciones como aquélla y que el «sí» que había respondido no era tanto mérito suyo como el fruto de diez mil años de evolución natural. Pero, por mucho que el «sí» no fuese mérito suyo, las consecuencias del «sí» no iban a dejar de ser su responsabilidad. Las primeras veces que hicieron el amor sin que Nuria se tomara la píldora Marcos tenía la misma sensación que cuando hacía experimentos científicos en la infancia, casi siempre con algún explosivo o inflamable, y dejaba caer las dos o tres gotitas antes de apartarse para ver *qué pasaba*. Nuria le miraba con unos grandes ojos serios y él se apartaba un poco de ella sintiendo (casi *oyendo)* el leve zumbido de la concatenación causal y biológica que se estaba produciendo en el interior de ella. Y esa mirada de Nuria... ¿era de angustia, de súplica? ¿Había también en ella una perversidad natural? ¿Le miraba como un lobo, como una mujer, como un arrecife de coral? Cerraban después los ojos y se convertían sencillamente en dos jóvenes adultos un poco angustiados y con demasiada imaginación. Tras un breve repaso mental por la posibilidad de múltiples enfermedades (como no sabían mucho del asunto casi siempre se detenían al llegar al autismo), caían sencillamente en la posibilidad, mucho más verosímil por otra parte, de que aquel niño que no había nacido aún, y que era también más que probable que ni siquiera hubiese sido engendrado, fuera pura y simplemente un *coñazo.*

Todo aquello sucedía en el cráneo, debajo del pelo. En el corazón era distinto, o fue convirtiéndose al menos en algo distinto a lo largo de aquellos cuatro meses en los que estuvieron haciendo el amor sin ningún tipo de protección. Marcos pensaba que en su interior se había ido desarrollando una especie de relación privada con ese acontecimiento particular: *correrse* dentro de Nuria sin la seguridad de los químicos. El pensamiento tenía en sí mismo algo parecido a la ejecución de una danza en la penumbra. El propio hecho de correrse dejaba de ser algo estrictamente placentero para convertirse en algo... *distinto,* una dimensión admirable, casi titánica y asombrosa por un lado, y por otro tan cargada de solemnidad que a veces aniquilaba la posibilidad del más sencillo placer sexual. Imaginaba a un niño (o a una niña) y en su cuerpo una especie de paciencia infantil que en ese instante le parecía una paciencia infinita. A veces lo veía con un enorme parecido con Nuria, otras ni siquiera eso. Sentía por él (o por ella, aunque el «por ella» siempre iba entre paréntesis) una simpatía bobalicona dedicada a un ser sin expresión, sin cara, como si más que de un niño se tratara de un pez o de un anfibio. Ahí estaba el niño (o la niña) proyecto, en su puerta de entrada a la existencia, mimado de antemano, con un tío célebre de antemano y una abuela excéntrica de antemano, no le iban a faltar ni cariño ni pepinillos en vinagre.

Comenzó a sentirse orgulloso, aunque nunca se lo confesó a Nuria, porque el orgullo no estaba fundado en nada real. Dejó de preocuparse casi enseguida de cómo se sentiría cuando sucediera todo, la simple idea del niño (o la niña) emanaba de por sí una serenidad tan primermundista que su participación en ella casi no parecía necesaria. Su intención no era tener un hijo mejor que los demás, sino tener uno, sencillamente. No le parecía un deseo tan ambicioso que le tuviera que ser negado a un profesor universitario de clase media y aun así la idea del hijo contenía algo cristalino y extraordinario, una especie de campo gravitatorio multidireccional en el que él podía caer tanto hacia un lugar como hacia el otro. La idea de que se pareciera a Nuria cerraba esa fantasmagoría del bebé de una manera tan eficiente como un golpe de viento llenando el hueco de una falda.

Pero entonces Marisa se rompió la cabeza. Era difícil manejar el dolor ajeno y más todavía juzgar sus consecuencias. Nuria volvió a tomar la píldora sin más explicaciones y la primera vez que la vio hacerlo en el cuarto de baño Marcos sintió una desazón plúmbea, como si le hubiesen descargado sobre los hombros un peso que le obligaba a sentarse en el acto, cosa que hizo sobre el bidé. Nuria le acarició la cabeza.

«Estoy demasiado triste, no me puedo quedar embarazada así.»

Parecía un argumento razonable. No habían vuelto a hablar del asunto directamente pero si salía el tema por casualidad se electrizaba el aire a su alrededor. Igual que en aquel instante. Justo igual que en aquel instante.

«No, no creo que esté embarazada», sentenció al final para cancelar el asunto apoyándose en la encimera, como si sintiera la vaga necesidad de apartarse un poco de ella. Nuria dejó de cortar tomates, se acercó a él y se inclinó sobre su espalda, apoyando todo su peso. Estuvo así unos segundos, sin moverse. Marcos sentía el volumen de sus pechos sobre la espalda y el ritmo tranquilo de sus pulmones al respirar. Acercó los labios a su cuello y le besó.

117

«Amor», dijo.

«Qué.»

«Estemos alegres, *necesito* que estemos alegres.»

El olor fue primero. Empezó poco a poco, con suavidad, como una caricia o la presencia de un fantasma benigno que fuera inundando toda la casa. En la cocina había dos hornos, uno convencional y otro antiguo que se podía alimentar con leña y que Marisa había mantenido para asar a la manera tradicional. El olor de la leña y luego el del cordero asado inundaron la casa con la eficacia de lo promisorio. Abel iba y venía, para asegurarse de que no perdía calor o que no estaba demasiado fuerte y echaba de cuando en cuando algún tronco pequeño por la escotilla de hierro, levantándola con un garfio.

Mina llegó más tarde, recién duchada y cambiada parecía incluso más joven, se había arreglado para la cena con un vestido negro sencillo y se sentó en la mesa de la cocina. Marcos llevaba allí sentado más de veinte minutos, en parte atraído por el olor pero también intentando por enésima vez escribir su autorretrato informal. Apenas había escrito: *Marcos Trelles piensa...* La frase había quedado en anacoluto, suspendida como el olor de la leña, el laurel, el limón, la cebolla, la manteca salada. Mina preguntó si les importaba que les acompañara.

«No, tranquila, siéntate», dijo Abel, acercándose para besarla.

El cansancio del viaje se le notaba en unas tenues ojeras y al verla entrar Marcos sintió ganas de ponerse también él un poco más elegante, pero sólo había traído lo que llevaba puesto. Nuria estaba duchándose. La sencilla elegancia de Mina (en realidad, mirado con atención, se trataba de un vestido barato pero su manera de llevarlo hacía que adquiriera una prestancia que en realidad no tenía) funcionaba como un distorsionador de la energía, como el aroma del cordero. Se sentó, le sonrió y anunció:

«Qué bien huele eso.»

Abel volvió a abrir el horno, como el cocinero exhibicionista que era. Del interior salió una nube de calor y un crepitar chisporroteante. Marcos pudo ver el dorado caoba de la carne y el brillo que adquirió cuando Abel lo bañó en su propio jugo con una cuchara.

«Me había olvidado de lo bueno que es el cordero aquí.»

«¿Has podido descansar?», preguntó Marcos a Mina.

«Sí, estoy muy bien, gracias.»

Hubo unos segundos de silencio. El trampolín:

«¿Cómo os conocisteis? Abel es una tumba, antes se deja despellejar que cuenta nada.»

Le pareció arriesgado en cuanto lo dijo, pero Mina no pareció tomárselo mal. Mina y Abel se miraron de una manera enigmática. Abel no pareció prohibirlo, se inclinó de nuevo y siguió regando el cordero en silencio.

«¿Sabías que era tan famoso cuando le conociste?»

«¡Oh, no tenía ni idea! Si me enteré hace nada...»

«¿Cómo hace nada?», preguntó él volviéndose hacia Abel, pero al hacerlo tuvo la sensación de haber quebrado un equilibrio.

Desde que Abel se había marchado de España la información real que habían tenido sobre él se la había suministrado el propio Abel con cuentagotas y de una manera muchas veces contradictoria. Nuria y él habían especulado hasta lo indecible pero Abel esquivaba las preguntas directas y decía sencillamente que estaba bien y que no había nada de lo que preocuparse. Sabían que había estado moviéndose por ciudades de Colombia, haciendo quién sabe qué, teniendo «una vida tranquila» por utilizar sus propias palabras, y por un desliz en una conversación (una referencia a unas inundaciones en la zona) habían descubierto que lo más probable era que se encontrara en alguna parte de Medellín o tal vez cerca del Valle de Leyva. Se habían acostumbrado tanto a vivir con aquel misterio que había acabado pareciéndoles normal. Ya sólo les sorprendía cuando se lo contaban a otras personas y se veían obligados a enfrentarse a la lógica de la situación:

«¿Me estáis diciendo que Abel lleva tres años en Colombia, que habláis con él todos los meses y que no sabéis ni a qué se dedica?»

Y ellos se miraban el uno al otro sorprendidos de no estar sorprendidos antes de responder que sí. En el fondo el escapismo de Abel tenía una especie de inocentona rusticidad que desactivaba el misterio. Y sin embargo tanto Nuria como Marcos tuvieron durante aquellos años la sensación un tanto incomunicable de poder imaginar la vida que llevaba. Era algo parecido a estar escuchando una música pero en la distancia, de tal forma que sólo existía la seguridad de que sonaba por mucho que no se pudiera descifrar la melodía.

Lo que estaba sucediendo ahora era tan excepcional que Marcos sintió que casi le temblaban las manos cuando cerró su cuaderno. De pronto tenía a su disposición (sabía que Nuria no le iba a perdonar nunca no haber estado presente) sentada al otro lado de la mesa a una persona que iba a contestar a *cualquier* pregunta sobre la vida de Abel durante aquellos años. Todas las cosas sobre las que habían especulado durante tanto tiempo, el lugar en el que había estado viviendo, a qué se dedicaba..., bastaba con preguntar. Se sentía como un expedicionario de la selva o del desierto que ha estado buscando durante muchos años un tesoro y

120

justo cuando desiste de encontrarlo resulta que se sienta sobre él. Hasta la mirada de Mina parecía estar invitándole. Abel se dio cuenta al instante de lo que estaba a punto de suceder.

«Yo me voy», dijo, «que este muchacho te va a someter a un tercer grado.»

«Pero...»

Abel se escabulló tan deprisa que Marcos ni siquiera tuvo tiempo de quejarse y cuando se volvió hacia ella le pareció que su rostro volvía a adoptar una forma amable y distante.

Ahí estaban, solos los dos, en la cocina, Mina y Marcos. Marcos y Mina.

El techo estaba un poco ahumado tal vez porque el extractor de humos estaba atascado. Fuera, entre los árboles, se había puesto a nevar de nuevo. El suelo de la cocina estaba lleno de piel de cebolla. Marcos aprovechó para abrir y cerrar el cuaderno y volver a mirar el cordero. Cuando se volvió hacia ella le sorprendió la extraordinaria simetría del rostro de Mina. ¿Cómo podía un rostro tan pequeño provocar tantos flujos y vacilaciones? Se sonrieron. La sensación que causaba era ambigua: por un lado su piel era como la de un animal, más que una piel humana parecía compuesta por cientos de pieles superpuestas unas a otras, y un segundo más tarde daba la impresión de tener una tersura delicuescente. No era, desde luego, como las otras. Durante años Abel había sido conocido como el payaso de las modelos. La forma que había tenido Abel de relacionarse con el sexo había sido siempre un tanto agresiva, las elegía extraordinariamente guapas y duraban por lo general muy poco tiempo. En realidad no importaba mucho quién abandonara a quién, en el caso de Abel la secuencia se agotaba en su sencillo mostrarse, parecía *amansarle* la confir-

121

mación de poder estar con mujeres hermosas de una manera indefinida y poco sentimental. En el corazón del payaso había un absoluto desprecio por el poder en todas sus manifestaciones y la belleza no era más que una forma de poder.

«Uno no se puede acostar con todas las mujeres del mundo, pero puede intentarlo», recordaba que dijo en una ocasión en una entrevista.

Comentarios como aquél y otros parecidos le habían granjeado a Abel una inmerecida fama de misógino. Inmerecida no porque amara a las mujeres, cosa que no era cierta, sino porque tampoco amaba a los hombres. Su misoginia no era en realidad más que una parcela minúscula del enorme territorio de su misantropía. Y sin embargo, como buen misántropo, Abel tenía una confianza casi religiosa en la posibilidad de una redención.

Y ahora, tras toda aquella época, esto: una mujer de unos veinticinco años, no más de uno sesenta y cinco de estatura, sentada con un vestido negro barato y elegante, salida de cualquier lugar. *La amaba*. Ese sentimiento flotaba en el aire como si no lo pudiese comparar con los sentimientos de otras personas, ni siquiera con sus propios sentimientos con respecto a Nuria. Tenía la sensación de que Abel amaba a aquella muchacha como si algo en ella tuviese la virtud no sólo de proyectarse hacia el futuro sino sobre todo de rectificar su pasado. Casi habría sido más verosímil si ella hubiese sido china y él español y que no se hubiesen podido comunicar ni siquiera con palabras, pero en este caso los dos hablaban castellano. Marcos no tenía duda de que se querían pero habría sido incapaz de adivinar de qué hablaban.

«¿Qué quieres saber?»

«Ah..., ahora casi me arrepiento de habértelo dicho.»

«No», respondió Mina. Aún no lo había comprobado pero tenía esas cosas: respondía *no* y era imposible determinar si se refería a algo concreto o a que toda una situación era inadecuada. Comenzó a hablar sin que le preguntara de nuevo. «A Abel lo conocí en Medellín. Él tenía un negocio de fotos. Hacía fotos para los pasaportes, los DNI, esas cosas. Todos los días pasaba por la puerta de su tienda. Tenía retratos muy lindos. Mi hijo necesitaba una foto para la escuela. Y yo también, para renovar mi carnet de maestra de matemáticas. Entramos. Me dijo que me regalaba las fotos y que si quería ir otro día yo sola le encantaría hacerme un retrato. Le dije que sí. Luego, otro día me arreglé y volví a la tienda. Abel cerró, me hizo unos retratos y los reveló. Me los dio ahí mismo, a la media hora.»

Mina hizo una pausa. A Marcos casi le zumbaba la cabeza de tanta información impensable. ¿Abel en una tienda de fotografía? ¿Ella profesora de matemáticas? ¿Un hijo?

«¿Eres matemática?»

«Estudié un primer año de ingeniería pero para dar clases de matemáticas no hace falta gran cosa.»

«No sabía que tenías un hijo», dijo Marcos.

«Tiene cinco años, se llama Lolito.»

«Lo tuviste muy joven.»

«Sí, muy joven, con dieciocho.»

Mina cogió el bolso que había quedado sobre una de las sillas de la cocina, abrió la cartera y sacó una foto de un niño disfrazado de Spiderman que podría ser el hijo de cualquiera, un niño abstracto con los brazos estirados. Estaba junto a un parterre con flores y tenía en la mano libre un redundante muñequito de goma de Spiderman. El espacio en el que estaba aquel niño emanaba algo también: una sustancia, un perfume. Tenía el pecho un poco aplastado y un flequillo de pelo negro que le tapaba un ojo.

«Está como loco con Spiderman, no hay quien se lo saque de la cabeza.»

«Bueno, esas cosas suelen pasar», dijo él sonriendo.

«Quiere mucho a Abel», añadió. Ese tipo de frases tenía siempre un tono enigmático en Mina. «Me respeta mucho.»

Durante unos instantes Mina siguió curioseando las fotografías que llevaba en la cartera, entre las que vislumbró (fue una centésima de segundo, pero definitiva) una del propio Abel en una máquina de fotomatón, de pronto la extrañeza del rostro de Abel en unas circunstancias como aquéllas; reducido al simple papel de novio. Abel. Abel Cotta en una fotografía de fotomatón como un hombre vulgar sobre quien la vida transcurre con sencillez. Un rostro amado en un retrato pequeño.

«Ah, mira. Y éste es uno de los retratos que me hizo Abel ese día.»

Sacó de uno de los lados de la cartera una foto gastada sólo en uno de los extremos. Una fotografía desconcertante del tamaño de una octavilla. La cara de Mina estaba iluminada por una luz frontal, situada a unos treinta centímetros de su cabeza. Se había pintado los labios pero con un color ocre que no la favorecía en absoluto. Estaba sentada con la espalda antinaturalmente recta y las manos apoyadas en el regazo, llevaba un vestido tradicional y la textura de la luz era disciplinada e impávida. Asombraba su absoluta ausencia de coquetería. No parecía estar intentando seducir a nadie, miraba más bien con una actitud pétrea y milenaria, como si más que una muchacha fuese una máscara de dos mil años mirando desde la vitrina de un museo. Tampoco desde el lado del fotógrafo-Abel se advertía ningún signo de seducción o de coquetería. Había sentado a Mina en una silla que parecía de colegio frente a una pared blanca y sin ningún adorno. Y sin embargo había algo *extraordinariamente sexual* en su forma de aproximarse a ella. A Marcos le pareció (no sabía expresarlo de otra manera) que Abel había fotografiado a Mina como si se tratara de un objeto. El brillo fascinante que parecía salir de Mina en aquella imagen no era el brillo de las personas sino, precisamente, el de los objetos. Y ese brillo tenía la concentración y el espesor convincente del tuétano de un hueso. No era un cráneo, una piel, unos labios, un vestido, sino una topografía. La escena se podía imaginar con todos los detalles que había dado Mina (Abel cerrando la tienda, ella sentada a la expectativa, el calor), y sin embargo era imposible acceder al ritmo, a la temperatura, a la cadencia con que un acontecimiento había sucedido a otro. Se fijó un poco mejor en la fotografía y le pareció que Mina estaba hinchando mínimamente el pecho y que el pelo era más lacio y más oscuro en la imagen que ahora. La propia Mina le quitó la fotografía de las manos con una falta de delicadeza un tanto extraña, tal vez por simple timidez.

«Muy bonita.»

«¿Verdad?»

«Sí.»

En ese momento entró Nuria en la cocina. Se había arreglado con un vestido bonito de rayas que le había comprado él mismo. Las dos se midieron los vestidos. O más bien Nuria midió a Mina y su mirada rebotó en la de la segunda, como en una pantalla extraña.

«¿Qué es bonito?», preguntó agarrando al azar las últimas palabras que se habían quedado flotando en el aire.

«Esta fotografía», dijo Marcos ofreciéndosela, «se la hizo tu hermano.»

Nuria la cogió incrédula.

«¿Mi hermano? ¿Abel?»

«Abel. Y no sabes lo más alucinante.»

«¿El qué?»

«Cuéntaselo, Mina, cuéntaselo todo.»

Marcos Trelles tiene una complexión física que en España suele denominarse, en un abanico extraordinariamente amplio, atlética. Pesa una cifra que varía entre ochenta y ochenta y cinco kilos, y mide un metro setenta y nueve. Si no fuese por la nariz, tal vez se podría decir de él que es un hombre apuesto. No lo es. Tiene una nariz chata, casi idéntica a la de su padre y a la del noventa por ciento de los Trelles. Los párpados un tanto caídos le dan el aspecto de un boxeador retirado y desde la infancia le hicieron aparentar siempre más años de los que tenía en realidad. Hay algo que se desliza por la oblicuidad de esos ojos que no son ni inteligentes ni estúpidos, una falta de carácter quizá, o de resolución. Y eso es sólo aparente porque en realidad Marcos Trelles es, a su manera, una persona resuelta y decidida, como también demuestra su barbilla (redondeada, firme y bien dibujada). El resto de los rasgos que componen su rostro es, por resumir, un poco burdo: las mejillas rectas, la frente proporcionada. Los años le dan a la piel bajo la barbilla un principio, no muy preocupante de momento, de papada. ¿Podría ser un actor? Tal vez sí, pero no de hoy sino de los setenta o los sesenta. Si se piensa eso, el rostro de Marcos Trelles de pronto tiene un aire distinto. Casi podría pasar por un galán para abuelas.

Marcos dejó de escribir y se puso a mirar con más atención el lienzo. Lo había encontrado Abel mientras revisaba unas cosas de Marisa para enseñárselas a Mina. Se lo había hecho su suegra hacía ya seis o siete años, un otoño. Debieron de ser dos o tres posados, tal vez más (porque se notaban los trazos de las distintas sesiones), pero él sólo recordaba uno, extraordinariamente largo, eso sí, junto a la ventana del cuarto de estar. Recordaba lo decepcionado que se había sentido cuando se levantó por fin y se asomó para ver el fruto de aquellas cuatro horas de trabajo.

126

«¿Cómo lo ves?», preguntó Marisa.

«Bien», contestó él, por educación.

«¿Bien? ¡Una mierda bien!», recuerda que replicó ella.

Y aunque en aquel momento le pareció que tenía toda la razón, ahora pensaba que no era tan desastroso en realidad. Puede que Marisa lo hubiese trabajado a solas un par de sesiones más. Había una parte que tenía que ver con los recursos ornamentales del cuadro que parecía haber sido realizada a otra velocidad más pausada. Como si Marisa hubiera adivinado algo, algo sobre *cómo* le percibían a él los demás, por eso se había decidido ahora a sentarse delante del lienzo a intentar describirlo por ver si acababa de una vez con aquel autorretrato informal. No servía de nada, siempre acababa escribiendo alguna absurdidad como lo de «galán para abuelas» o lo del «principio de papada». Pero el cuadro le gustaba. Era de torso completo, estaba sentado en el alféizar bajo de la ventana del cuarto de estar con las dos manos apoyadas en las rodillas y el cuerpo un poco inclinado hacia delante. Había cierto equilibrio en esa figura, algo satisfactorio y digno. Una imponente robustez del cuerpo, sin duda.

A Marcos le hizo recordar un episodio en un hotel durante un fin de semana que pasó con Nuria en Segovia hacía ya unos años, poco después de aquel retrato. El armario de la habitación del hotel tenía un gran espejo y estaba junto a la cama. Desde que empezaron a hacer el amor estuvo mirando un poco de reojo el cuerpo de Nuria y también su propio cuerpo. Habían hecho otras veces el amor frente a algún espejo pero a Nuria le acababa produciendo pudor su propia desnudez y él se distraía demasiado ante esa imagen sugestiva y lejana. Pero aquella noche fue distinto: se dio la vuelta hacia el espejo y se encontró de bruces con su propio cuerpo de una forma en la que jamás lo había percibido hasta ese instante.

Le maravilló su propia rotundidad y en una especie de pasajera obnubilación fálica se quedó mirándose a sí mismo (él, que apenas se miraba en el espejo más que para peinarse) con una fascinación impúdica. Entendía que Nuria amara su culo, su espalda, la marca de la ingle. Nuria estaba con la cara hundida en la almohada, desabrida y sexy, hinchada, él podía partirla en dos si quería y esa abierta posibilidad de herir, unida a la gentileza con que la estaba tratando, le otorgó una imagen de sí mismo que quedaba ahora perpetuada también en ese retrato que le había hecho Marisa.

«A mí me parece que estás muy guapo», dijo Nuria cuando lo vio. «¿Por qué no les mandas directamente una foto de ese cuadro a los de la revista?»

«Igual lo podrías describir», sugirió Abel.

«Eso no es mala idea», respondió él.

Y Mina se acercó a dos milímetros de su cara pintada en el lienzo, lo observó con una verdadera atención científica durante unos segundos y luego tocó con el dedo índice la punta de su nariz pintada al óleo.

«Es increíble», dijo.

«¿La nariz o el cuadro?», preguntó Abel con sorna.

«Todo», respondió Mina.

Ni el propio Marcos pudo evitar sonreír.

¿Quién de entre todos ellos habría podido anticipar aquellos días tal como estaban siendo? ¿Era por el regreso de Abel? ¿La presencia de Mina? ¿Por qué tenían los cuatro, o Nuria y Marcos al menos, aquella sensación de levedad absoluta? La felicidad misma no se parecía a la que habían sentido en ningún otro momento de su vida: no tenía nada que ver ni con la estimación de los bienes, ni con el equilibrio, ni con el deber realizado, ni siquiera con placeres concretos como la comida, el sexo o la comodidad. Era una felicidad distinta y en cierto modo flotante.

Llevaban ya cuatro días compartiendo la casa y ninguno de los cuatro habría sabido decir con seguridad si habían pasado extraordinariamente despacio o extraordinariamente deprisa. En ciertas situaciones *físicas,* al igual que en ciertas condiciones de laboratorio, el tiempo parecía plegarse y desplegarse sobre sí mismo produciendo bucles difíciles de comprender. El primer día habían hecho una pequeña excursión por el campo. Nuria preguntaba detalles sobre la vida de Abel durante aquellos años, al principio a su hermano y luego cada vez más a Mina. Abel contaba las cosas con sencillez y sin ocultar nada, en pequeñas dosis. Mina tenía una forma neutra de describirlas. Ella misma había descubierto algunas cosas sobre Abel hacía pocos meses, pero su manera de relacionarse con el hecho de que hubiese sido una celebridad en su país era tan distante que daba la sensación de que no le interesaba lo más mínimo. Ni le inquietaba ni le molestaba. A Marcos a veces le parecía que una buena parte de su belleza provenía precisamente de aquella distancia neutral. Decía, por ejemplo: «me dio miedo» o «al principio fue difícil» o «me hacía reír», cosas elementales que sin embargo, quién sabe por qué, en sus labios adquirían de pronto el brillo de lo incontestable. El amor de Mina por Abel era perceptible y evidente pero de una manera orgánica, no le tocaba ni le buscaba, pero daba miedo pensar lo que podía llegar a hacer si lo perdía.

«Nos trasladamos a su casa a las dos semanas, Lolito y yo.»

En ese punto ella también tenía sus ausencias, como si se enmarañara en el interior y le hubiese quedado algo de un gran desencanto previo a Abel, algo parecido a una sombra o a un pensamiento que tenía el poder de venir de las profundidades para llevarse su alma unos instantes y devolverla enseguida.

«¿Y desde entonces vivís juntos?», preguntaba Nuria.

«Sí.»

«¿Cuánto tiempo lleváis ya?»

«Unos diez meses», decía Abel.

Imposible determinar si diez meses eran mucho o poco. Así eran también los idilios de los dioses. Tendían su ropa al sol y ya vivían juntos porque su casa era la Tierra. Pero lo que había vivido, lo que le había alegrado antes de conocer a Abel, quién era el padre de Lolito, de todo eso no contaba nada, sólo que su madre la había obligado a estudiar matemáticas porque «se le daban bien». ¿Le gustaban acaso las matemáticas? No, las detestaba. ¿En serio? Totalmente en serio. Y sin embargo llevaba cinco años dando clases de matemáticas a niños pequeños y a adultos de una escuela nocturna. Matemáticas elementales. Sumas, restas, multiplicaciones, divisiones. Una vez, aseguró, invitaron a la escuela a un hombre llamado Jaime García, la calculadora humana. Lo dijo como si hubiesen invitado a un *freak*, a un ser monstruoso.

«Fue espantoso», dijo, pero no explicó nada más.

«¿Por qué no haces que se dedique a cualquier otra cosa?», le preguntó entonces Nuria a su hermano.

«Porque no quiere.»

«Es lo único que sé hacer», dijo ella.

«¿Y tú? ¿Por qué fotógrafo?»

«¿Y por qué no?»

«Porque tú no has hecho una fotografía en tu vida.»

«Pues no las hago mal, no te creas.»

«Son *hermosas* sus fotografías», dijo Mina.

«Pero si tú no necesitas trabajar.»

«Puede ser, pero me gusta, en serio.»

«¿Cómo *puede ser*? ¿Qué respuesta es ésa?», dijo Nuria. Y se rieron.

El día de la excursión Marcos pensó que el misterio

tenía que ser ése: la levedad. Habían salido de casa para subir hasta el puerto de Canencia, un paseo que en primavera se hacía en poco más de una hora y media y al que la nieve de los últimos días había convertido en una excursión complicada pero estimulante. La hicieron medio resbalándose, riendo y con las manos ateridas y metidas en los bolsillos de los abrigos, pero también como si se vieran inundados por súbitas y fugitivas convulsiones de jovialidad. Lo había propuesto Marcos y lo cierto era que él mismo había sido el primer sorprendido de que todo el mundo reaccionara tan rápido y tan entregado a una idea que cualquiera habría podido calificar de absurda.

«Cuando veamos que se estropea o que se pone complicado, volvemos», dijo alguien. Y puede que fuera esa sensación de estar siendo todos muy razonables lo que permitió que al final no lo fueran y siguieran subiendo sin el calzado apropiado y sin estar bien abrigados en realidad. Era agradable el calor del interior del cuerpo, el sudor bajo los abrigos de ciudad, la forma en que el cansancio iba acabando con las conversaciones e iba haciendo que todos se concentraran cada vez más en su respiración y en pisar correctamente para no resbalarse. Se miraban unos a otros medio en secreto en esas actitudes siempre al borde de la dignidad que tienen que adoptar los cuerpos para una ascensión un poco dificultosa y cada uno de ellos, eso le parecía al menos a Marcos, se iba revelando a su manera. Nuria parecía más sexy. Podía imaginársela desnuda con tanta facilidad que a veces para activar su deseo bastaba aquel ejercicio mecánico de su imaginación. Llevaba unos vaqueros negros ajustados y unas botas de monte, era la única que tenía el calzado apropiado, por eso era también la única que se movía con una soltura decidida. Abel parecía más alto y más elástico. Salían aquí y allá, como chispazos, movimientos de payaso, melancólicos y fantásticos, los de alguien que había utilizado, al menos durante años, su cuerpo como materia de trabajo. Mina parecía muy concentrada y su tensión la hacía andar con pasos cortos. Tenía un aire de pájaro fuera de su hábitat: caminaba lentamente y luego a saltitos, siguiendo a un Abel que a veces se daba la vuelta para darle la mano.

Mina tenía una forma de reír que Marcos nunca había visto en ningún ser humano. Puede que fuera la propia frialdad del aire lo que provocaba la risa. Una cabeza con pelo encima, unos ojos como una interrogación o una sonrisa, y en la mirada un marrón intraducible a ningún otro marrón. Oyéndola reír casi daban ganas de achacar las dificultades de la vida, todos sus sufrimientos y sus amarguras a una sencilla perspectiva equivocada. ¿De qué reía esa cabecita a la que ahora rodeaba la nieve y los pinos del puerto de Canencia? Reía del frío, reía contra el frío. Marcos entendía perfectamente que Abel la hubiese elegido a ella entre todas. Las risas de los demás, la de Nuria, la suya y hasta la del propio Abel se parecían más bien a una caída, la de Mina era con toda la boca abierta, la cara levantada hacia el sol. Le hacía gracia cualquier cosa, pero no reía alocadamente, tenía una lógica interna particular: le gustaba lo dialéctico, los juegos de palabras, pero se desternillaba con cualquier tipo de imitación que hacía Abel.

¿Habían reído ellos así también en otra vida, en otra época? ¿Rió así Nuria en alguna ocasión con Francesco Mauratto, en la intimidad, en lo oscuro? La risa de Mina parecía invocar por momentos una oscuridad extraña, despertar demonios y miedos. Reía y Nuria y él se miraban contagiados por la risa, pero como si se preguntaran el uno al otro: *Y tú..., ¿en qué estás pensando tú?* Tenían la sensación de que en su interior nadaban cientos de peces batiendo sus mandíbulas y lo veía en los ojos de ella... *¿Te reíste así, Nuria?*

Bastaba que Abel imitara a alguna de las personas que vivían en Medellín (y que evidentemente sólo conocían ellos dos) para que Mina estallara en una carcajada inmediata. Más que reírse de la persona parecía estar celebrando el parecido súbito entre el imitador y el imitado como se celebra con un grito de entusiasmo que una nube se parezca a una ballena o a una cara.

«Esta chica..., Mina...», escuchó que le decía Nuria a su hermano cuando estaban a punto de entrar en un cortafuegos, muy cerca ya de la cima. Él se había quedado ligeramente atrasado y Mina todavía más, iba a la zaga.

«¿Sí?»

«¿La quieres?»

Abel no pareció contestar o tal vez Marcos no llegó a oír lo que le dijo a Nuria, pero sí le dio la sensación de que su cuerpo se volvía inmediatamente más elástico y vivo, como si se hinchara ante un adversario. ¿Había cambiado Abel? Había algo de lo que constituía antes su identidad que parecía haber desaparecido. Aquel cinismo suyo tan particular no estaba ya, pero a cambio no había una cualidad nueva sino tan sólo una especie de vacío.

Marcos se quedó quieto unos instantes para que le alcanzara Mina. Lo privilegios del monte: poder mirar impunemente al que asciende un poco retrasado: hacer del que sube un objeto de la mirada. No sabía por qué, pero le apetecía alejarse un poco de Abel y de Nuria, de su charla capaz de todo.

«Ahí llego», dijo Mina acelerando el paso.

«Tranquila, no hay prisa.»

«Gracias», dijo sonriendo.

Al caminar junto a Mina, Marcos apenas sentía su calor. Le parecía un saquito de huesos bajo un abrigo. Mantenía el cuerpo muy erguido, lo que le daba cierta dignidad y una elegancia particular. Abel gesticulaba mucho al hablar con Nuria.

«Es un genio y un palurdo, eso es lo que dice siempre. Que es un genio y un palurdo.»

A Marcos casi le hizo sonreír escuchar aquella frase de nuevo.

«¿Sabes? Eso es de Cézanne. Es una frase de Cézanne que le gustaba decir a Marisa. *Soy un genio y un palurdo.*»

«Tú la conociste mucho, ¿no?»

«¿A Marisa? Sí.»

Y le miró con unos ojos marrones y abiertos como dos pozos hambrientos de Medellín.

«Les abandonó cuando eran pequeños», dijo de pronto.

«No, no les abandonó», respondió él rápidamente.

«¿No pasaron su infancia con una tía?»

«Sí, pero... ¿Sabes? Yo creo que a Marisa le daban miedo... Sólo en aquella época, luego cambió.»

Se detuvo porque de pronto le parecía injusto estar diciendo aquellas cosas tan a la ligera y sin haberlas pensado, pero lo cierto es que tampoco le pareció tan absurdo lo que acababa de decir. Llevaba tanto tiempo exculpando a Marisa en su interior que la sofisticación de los pensamientos que se referían a ella no admitía la posibilidad de una acusación tan esquemática y seguramente tan incontestable y cierta como la que acababa de hacer Mina. La propia Nuria jamás habría expuesto la situación en esos términos y dudaba mucho de que Abel lo hubiese hecho, pero Mina lo había hecho sin cargar moralmente la acusación. Fue como la noche anterior, en un momento en que se había hablado de la muerte de alguien de Medellín a quien conocían. «Le tocó colgar los guayos», había dicho Mina en determinado momento («los guayos se dice en Colombia de los guantes de boxeo, le tocó morir, vaya», tuvo que explicar), y lo dijo de tal forma que hasta la muerte tenía una banalidad ejemplar. También, por qué no, el abandono. ¿Acaso había desaparecido el padre de Lolito como había desaparecido Marisa? Podía ser. No parecía importar demasiado. Mina se quedó pensando en lo que acababa de decir Marcos.

«No lo entiendo. ¿Quieres decir que le daban miedo los niños?»

«No, quiero decir... que le daban miedo sus hijos... cuando eran niños. Puede que le atemorizara la responsabilidad, puede que ella misma fuera un poco niña. Bueno, no sé ni lo que estoy diciendo». Mina le regaló una sonrisa cordial. «Pero cuando yo la conocí ya se llevaban todos bien», mintió, «fueron buenos amigos de adultos.»

«Sí, eso lo sé», concluyó Mina.

«No fue una mala mujer. No pienses que fue una mala mujer.»

«No lo pienso», respondió sonriendo. Y por la inclinación de aquella sonrisa supo que no hacía falta explicar nada más. Durante el resto de la excursión Marcos tuvo la sensación de que había dos tiempos, el exterior, que continuaba en una especie de interminable duración, y el interior, terco y no lineal, moteado de puntos claros. Llegar a la cumbre de Canencia les produjo a los cuatro una alegría desbordante. Al salir al claro la temperatura bajó unos cinco grados, pero ni siquiera aquel frío gélido consiguió amargarles el pequeño éxito: la sierra tenía los colores de la paleta española: ocres, marrones, rojos, verdes oscuros, casi negros, y sobre todos ellos la nieve, brillante como un espejo. Se sentían satisfechos, cansados y satisfechos, como si hubiesen estado construyendo entre los cuatro la asombrosa competencia de aquel paisaje austero y a la vez cargado de detalles. Abel y Mina se besaron: un beso casto, de película de los cincuenta, apretaron sus caras con decisión a la altura de los labios, él sintió el beso mojado y frío de Nuria en los suyos y le preguntó al oído:

«¿Estás bien?»

Nuria contestó un evasivo *sí*.

Un poco más tarde, cuando llegaron a casa, al coger el teléfono móvil vio que tenía dos llamadas perdidas de su padre. Pensó que no merecía la pena llamar a aquella hora y desde allí había tan poca cobertura que las conversaciones acababan siendo irritantes. Le envió un mensaje en el que le decía que no tenía mucha cobertura, le preguntaba si iba todo bien y le decía que llamaría al día siguiente. Su padre contestó enseguida: *Todo bien, hijo. Llámame cuando puedas.* A Marcos le produjo cierta ternura que su padre escribiera hasta los acentos, las comas y los puntos en los mensajes de texto, le imaginaba buscando la coma antes de «hijo» y corrigiendo la «a», pasando a través del 2, la «a», la «b» y la «c», hasta llegar a la «a» con acento. Un peregrinaje hacia la corrección, letra a letra. En otro momento le habría irritado ese mismo gesto, ahora, no sabía por qué, le producía ternura. Nuria se había metido ya en la cama y estaba mirando el techo con atención y pensativa.

«¿De qué has estado hablando con Abel mientras subíamos?»

«Nada, hablábamos de mañana, de cómo vamos a organizar las cosas de mi madre.»

«¿Estás bien?», repitió Marcos. ¿Cuántas veces le había preguntado ya si estaba bien? No sabía cómo evitar aquel latiguillo irritante, le salía sin más, como a un mal psicólogo ante una persona que acababa de tirarse por una ventana. Mentalmente se vio a sí mismo disfrazado de grillo verde con sombrero de copa, frac y bastón preguntando una y otra vez con voz de pito *¿estás bien? ¿estás bien? ¿estás bien?* Y la imagen le asustó de tal forma que se dio la vuelta antes de

136

escuchar la respuesta aprovechando que tenía que sentarse en la cama para quitarse las zapatillas. Para su sorpresa, Nuria le abrazó por la espalda con todas sus fuerzas y le besó en el cuello.

«¿Cómo estás tan bueno?», le dijo.

Él sonrió.

«No, en serio te digo, ¿cómo estás tan bueno?», repitió.

«Hago mucho deporte, montañismo, ese tipo de cosas.»

Por dónde empezar. Responder a esa pregunta era solucionar más de la mitad del problema. Mina se presentó en el desayuno con un vestido juvenil y unos leotardos de Marisa.

«Esos leotardos eran de mi madre, ¿no?», dijo Nuria en cuanto la vio entrar.

«Sí, no tenía ropa de invierno y Abel me dijo..., ¿te molesta?»

«No, por favor, quédatelos, quédate todo lo que quieras.»

Nuria lo había dicho con sinceridad, pero había algo que se había quedado removido, como tras la alegría que había llevado al sexo la noche anterior. A Marcos de pronto le asaltó la idea de que tal vez Nuria le había mentido, que durante la excursión no había estado hablando con su hermano sobre cómo iban a recogerlo todo sino de algo más, de otra cosa. Había vuelto a nevar de noche. La nieve había cubierto todas sus huellas a la entrada de la casa y en el pequeño jardín: al otro lado de la ventana había un mundo virginal y limpio, intacto. Todas las esculturas habían vuelto a esconder la cabeza bajo el manto de nieve. En el fondo era como si nunca hubiesen entrado en la casa sino que hubiesen estado ya siempre dentro de ella. Y en aquel mundo interior Mina se había puesto los leotardos de invierno de Marisa y todo el ímpetu que creían haber estado acumulando hasta ese momento para enfrentarse a la tarea de recoger las cosas les pareció que se frustraba, como cuando a un saltador se le tuerce el tobillo justo en el paso del impulso.

«Coge todo lo que quieras», le volvió a decir a Mina, «lo que no quiera nadie, lo bajaremos esta tarde a la iglesia del pueblo.»

«¿A la iglesia? Alguien se acaba de revolver en su tumba», dijo Abel.

«¿Y qué quieres que haga? ¿Qué lo tire desde lo alto del puerto?»

«Quemémoslo todo en una hoguera purificadora.»

«Por mí, bien.»

«Hoguera entonces», bromeó Abel, «por aclamación.»

Pero nadie se rió. Era un partido de tenis privado, con sus tiros cruzados y sus dejadas a conciencia, o a mala conciencia. Se distribuyeron las tareas en el desayuno (Marcos y ella todo el material de arte del estudio, Abel y Mina la ropa y el altillo del dormitorio) y cuando terminaron Abel se levantó y le dio un beso en la mejilla a Nuria como si quisiera poner el contador a cero y olvidar aquel comienzo tan poco prometedor. Había venido para esto desde Colombia. Había fantaseado con esto, con este día que comenzaba, quién sabe lo que esperaba de él. Su energía tenía cierta espectacularidad, como si se hubiese estado cargando en el interior y en soledad, igual que una batería.

Marcos sabía perfectamente cómo había sido la relación entre Nuria y Marisa, la conocía al milímetro, sabía con precisión y hasta con cierto bochorno todos los puntos en los que habían sido magnánimas y en los que no habían podido evitar ser cutres, pero de Abel..., ¿qué sabía de Abel? ¿Que desde que comenzó a actuar había estado utilizando gestos y palabras de su madre para casi todos sus personajes? Era extraño, apenas recordaba cómo interactuaban entre ellos dos cuando Marisa vivía. Recordaba que eran cordiales el uno con el otro, que Abel siempre estaba atacando en broma y que Marisa encajaba los golpes con un buen humor inquebrantable. El buen humor de Marisa parecía ahora el auténtico bastión de su resistencia, como si dentro de ella hubiese estado empleando las mismas herramientas que Abel para atacarla. Siempre estuvo orgullosa de la celebridad de su hijo y no lo ocultó, pero tampoco le rindió pleitesía. Para Marisa había una realidad sencilla e incontestable: un payaso nunca sería un artista. Ni siquiera un buen payaso sería como un mal artista. Tampoco un payaso genial. Ni siquiera el rey de los payasos. El rey de los payasos era pura y simplemente el rey de los payasos. Si era cierta aquella famosa teoría de que todas las personas tienen en la vida un testigo e interlocutor perfecto a quien están secretamente tratando de convencer con todo lo que hacen y con quien dialogan hasta sin saberlo, en ese caso era probable que Marisa hubiese sido, al menos durante unos años, la testigo de Abel.

Pero no era menos cierto que esa sensación había cambiado. Abel desayunó deprisa, inquieto. Se levantó antes de tiempo, desapareció y regresó al medio minuto.

«Necesito que saquéis vuestras cosas primero para empezar con los armarios», dijo. Era verdad, habían puesto sus maletas en el interior del armario de Marisa y era imposible saber de quién era cada cosa.

«Claro», dijo Nuria dando un salto, «ahí voy.»

«¿Te ayudo?», preguntó Mina.

«Termina de desayunar tranquila, hay tiempo más que suficiente, yo estoy allí.»

«Bueno.»

Abel y Mina se trataban como obreros a veces, con la displicencia neutra con que un obrero trata a un compañero de obra. Un genio y un palurdo. A Marcos le hizo gracia lo implacable que se estaba poniendo por dentro o tal vez lo nerviosos que estaban los cuatro sin querer. Había una velocidad que nacía de Abel y que estaban empezando a tomar las cosas sin que nadie la pudiera frenar muy claramente. La excursión había sido una tregua y esto era quizá lo que Abel guardaba en su corazón. Daba la sensación de que quería buscar algo, algo en concreto, algo de Marisa, pero era imposible determinar si se trataba de un objeto en particular o sólo de una intención difusa. Cuando pasó con Nuria camino del estudio vieron que Abel había volcado casi todos los cajones de ropa sobre la cama y que la estaba clasificando en varios montones de una naturaleza no muy clara. Mina estaba subida a una escalera de mano organizando o tratando de sacar unas cajas de cartón que estaban en lo alto.

«¿Cómo vas?»

Abel levantó una mirada oscura. Una mirada realista, de lince, de estatua, torció la sonrisa e hizo como si se fuera a poner un sujetador de Marisa. La escena habría sido abiertamente cómica en otra situación, con otro tono, otra luz. Abel tenía un talento asombroso para parecer, sin transición aparente, una mujer: tenía algo que ver con la posición de los hombros y la ausencia de fuerza en las muñecas, un golpe desde la columna era suficiente: se *sacaba* su cuerpo masculino y se *ponía* uno femenino que parecía tener una constante vida subcutánea. Había cogido el sujetador de Marisa con una mano, había abierto las tiras y se había puesto los tirantes en el acto sin dejar de mirar a Nuria fijamente ni un segundo. Había algo maligno en aquella mirada, pero ni aquella supuesta «malignidad» ni el deseo de hacer daño a Nuria parecían las cualidades fundamentales de aquel gesto. En el centro había más bien algo herido, algo por extirpar. Y en todo ese cuerpo la tersura de un niño consentido a quien se le ha permitido jugar más allá de un límite razonable y ha acabado volviéndose cargante. Y también –¿cómo explicarlo?– algo hermoso y conmovedor en cierto modo, una especie de homenaje. El sujetador era humillantemente corriente, color carne.

«Abel», dijo Nuria.

«Qué.»

«Ni si te ocurra.»

«El qué.»

«Júramelo.»

Mina se dio la vuelta, muy seria. Seguía subida a una escalerita revolviendo los altillos y no había visto nada hasta entonces. Marcos y Mina se miraron y a continuación sintieron cómo las miradas se emplazaban y en cierto modo utilizaban la luz de los hermanos.

«Júrame que no te vas a poner esa ropa, júramelo ahora mismo», insistió Nuria.

Marcos tuvo miedo de que Nuria estuviese provocando a Abel precisamente con su miedo y de lo que pasaría si a Abel le daba por disfrazarse de Marisa y pasearse por la casa. Abel seguía teniendo aquella sonrisa medio torcida pero el resto de su cara parecía haberse olvidado de que la seguía teniendo allí. Se había quedado sostenida como el lapso de una emoción en un momento de transición entre un sentimiento y otro.

«Abel.»

«Dime.»

«Te juro que me voy de esta casa, me voy y no me ves más, ¿me estás escuchando?»

Muy lentamente, Abel levantó el sujetador y se puso

141

la mano en la cadera y colocó el pie sobre la cama, como en aquella imagen tan célebre de Sofia Loren frente a Mastroianni. Luego lo soltó muy lentamente y lo dejó caer.

«Voilà.»

«Mucho mejor», dijo Nuria dando media vuelta y dirigiéndose al estudio.

¿Cómo se hacía? ¿Cómo se hacía algo tan sencillo: recoger? ¿Se empezaba por cajas o por bolsas, se guardaba o se tiraba el material medio usado, los botes de óleo a la mitad, los cajones de alambres para los moldes de arcilla, las esculturas, las mazas, los escoplos, los sopletes, los sprays de pintura, las planchas con moldes? ¿Era mejor ser resolutivo: abrir con decisión una bolsa grande de basura y echarlo todo adentro sin miramientos y sin lástima? Marcos y Nuria decidieron hacer una distribución básica en tres grupos para empezar: la obra que Marisa había dado por terminada (y por buena), la que había concluido pero con la que no parecía estar muy satisfecha y la que había abandonado a mitad del proceso. El primer grupo era relativamente fácil de identificar porque casi todas las piezas estaban firmadas o las conocían directamente de algunas de las exposiciones; el segundo grupo era más ambiguo y difuso, había piezas de todo tipo, dibujos, esculturas, algunos óleos, y cientos de fotografías de sus modelos y de sí misma que había utilizado para trabajar; el tercer grupo era bastante claro: casi todos los oleos tenían tachaduras y borrones encima, cuando no calificativos no muy cariñosos como *delirante* o *absurdo*. Había un paisaje (nada malo en realidad, o al menos eso les pareció a los dos) sobre el que había escrito en óleo rojo y con la meticulosidad propia de la caligrafía de primaria: *¿Qué coño te pasa?* Un vaciado en bronce del padre de Marisa tenía tantos martillazos en la nariz y en la boca que había quedado convertido en pieza abstracta y había fotos rayadas o estropeadas sin más, piezas antiguas tratadas con tan poco cuidado que no era difícil adivinar lo que le habían parecido a su autora cuando estaba viva.

El enfado que había traído Nuria del dormitorio tras la escena de Abel les había hecho empezar demasiado apresuradamente y cuando llevaban diez minutos clasificando comprendieron que el estudio tenía una lógica interna muy particular y que Marisa era mucho más organizada de lo que habría cabido suponer por el aspecto en que se encontraban las cosas. Daba la sensación de que en una de las esquinas (la que estaba junto al enorme ventanal) y bajo unas telas, había piezas en las que había dejado de trabajar, o que había rechazado, pero que necesitaba tener cerca. En su forma de trabajar Marisa parecía estar relacionándose constantemente, más que con sus éxitos, con sus medio fracasos, como si en ellos estuviese contenido precisamente el chispazo de lo que le había hecho trabajar sobre esa imagen. Para Marcos encajaba ahora con una coherencia luminosa cierta manera de moverse de Marisa en tantos recuerdos, entendía que casi siempre que entraba en el estudio para saludarla ella estuviese a la derecha (donde estaban los cajones con materiales y los bocetos) y que desde allí estuviese mirando siempre hacia el interior de la casa. Lo había sentido ya hacía tres o cuatro días, cuando acababan de llegar y se sentó a escribir en el estudio, pero ahora lo *entendía* y entenderlo resultaba, más que conmovedor, escalofriante, como si sobre ellos hubiese pasado la sombra real de Marisa una centésima de segundo antes.

«Mira», dijo Nuria, enseñándole un retrato de un hombre apuesto, de unos cincuenta años, de perfil.

«¿Quién es?»

«Ni idea, algún amante, alguien del pueblo a lo mejor, a veces pagaba a gente del pueblo para que le hiciera de modelo. Es raro, ¿no?»

«No sabía yo eso», dijo Marcos. «¿Te lo contó ella?»
«Sí.»

Nuria se quedó unos instantes mirando fijamente aquel retrato como si estuviese pensando, más que si le gustaba o si le parecía de verdad raro, si daba su aprobación a que su madre se hubiese acostado con aquel hombre. Lo que de verdad era extraño era que Nuria, siendo, como era, liberal y tan defensora de cierto tipo de promiscuidad, hubiese sido tan reticente toda su vida a la promiscuidad de su madre.

«¿Sabes una cosa?, de pronto me parece que mi madre no era una persona alegre», dijo Nuria de repente, «siempre me había parecido que lo era, pero ahora me parece que no.»

«¿Por qué?»

Sabía que se refería a la promiscuidad pero que no iba a aceptarlo ni aunque la despellejaran viva allí mismo. En el corazón de Nuria había una complaciente conservadora con la que él ya se había amigado hacía mucho, pero con la que no parecía amigarse ella misma. Nuria no contestó a esa pregunta sino que dispuso tres cuadros en línea de paisajes de la sierra y dijo:

«Creo que habría tenido que pintar más, era mejor pintora que escultora. Mira ése. Y ése de ahí.»

Había un par de cuadros de una habitación de hotel antigua, iluminada por una luz blanca y lechosa y reflejada en un espejo de pie, un prado casi vacío, una balaustrada, el dibujo del agua que había dejado un pato al pasar, una torre de alta tensión frente al crepúsculo que había titulado por detrás y a mano *La guerra de los mundos*. Había algo siempre vacío en los cuadros de Marisa. Descubrirlo casi le hizo sonreír, su corazón de científico aplaudía cuando encontraba la pauta que permitía avanzar y no entendía la manera contemplativa (y pasiva en el fondo) de mirar las obras de arte que tenía Nuria. Cada vez que iban a ver una exposición, cada uno se iba por su lado porque sabían que sus comentarios les iban a irritar mutuamente, pero al final de la exposición le encantaba conocer la opinión general de Nuria porque le parecía que era el perfecto contrapunto de la suya. Para él la única manera de mirar un cuadro (o cualquier otra cosa) era progresar y la única manera de progresar era descubrir pautas sobre las que elaborar tesis: y ahora acababa de encontrar una. Puede que lo hubiese hecho precisamente gracias a haber estado tanto tiempo mirando obras de Marisa de una manera distraída y hubiese saturado una idea que siempre había estado allí de manera larvaria. La idea era que la inmensa mayoría de los cuadros y de las esculturas de Marisa estaban basados en la presencia de algo que había estado allí y *ya no* estaba. No se trataba exactamente de una ausencia, sino más bien de una presencia reciente.

«¿Te gustaría que nos llevásemos ése a casa?»

«¿Cuál?»

«Ése, el de la habitación de hotel», dijo Nuria.

«¿Por qué el hotel?»

«No sé, es sugerente.»

Su imaginación saltó como un resorte: Francesco Mauratto. Recordaba perfectamente que el día de su confesión y en medio del delirio del interrogatorio al que se acabó rindiendo Nuria, confesó hasta el nombre del hotel en el que se había estado viendo con su amante. El Hotel Santander, en Madrid. Lo que no había admitido jamás delante de Nuria era que él mismo había ido una semana más tarde a aquel hotel, había alquilado una habitación y se había pasado una tarde entera torturándose. Recordaba aquella tarde como si no pudiese concentrarse del todo en lo que de verdad le había llevado hasta aquel lugar pero muy vagamente sintiera que le había ocurrido algo espantoso (la muerte de algún amigo o de alguien cercano) y que en momentos de una lucidez horrible veía a Nuria, *su* Nuria (los celos no podían esquivar el posesivo), con la cabeza aplastada contra esa misma almohada en una postura que sólo podía resultarle estimulante si él era el protagonista. ¿Era la habitación del Hotel Santander parecida a la de aquel cuadro de Marisa? Era difícil saber si lo que era parecido era realmente la habitación o la sensación que producía y la forma que había marcado su memoria.

«¿Sugerente por qué?»

«¿Qué pregunta es esa: *sugerente por qué?*»

«Sí», insistió Marcos, «¿por qué te parece sugerente?»

«¿Te acuerdas de aquel hotel en el que estuvimos en Huelva? No, espera, no era Huelva, era Portugal, ¿te acuerdas? En el Algarve...»

«Sí, claro que me acuerdo.»

«¿No te recuerda un poco aquella habitación?», dijo Nuria.

Más que aquella habitación, lo que estaba escrito a fuego en la memoria de Marcos era el cuerpo moreno de Nuria saliendo de la ducha, la toalla en el pelo, la presteza de su paso en la playa, el olor suave de su transpiración. Había sido un verano alegre, a Nuria le habían dado una beca de estudiante y se fundieron la mitad del dinero en hoteles y cenas opíparas a razón de botella y media de vino verde por comida. Aquel verano probó algunos mariscos que no sabía ni que existían y le dio por fumar puros, unos puros carísimos dominicanos que en realidad no le gustaban demasiado. Le hacía gracia sentirse un sibarita amateur y poner caras de entendido mientras fumaba.

«Puede ser», respondió mientras abría distraídamente otra de las carpetas de Marisa y miraba lo que había en el interior: dibujos, más dibujos, un sobre marrón con negativos y otro sobre marrón... En cuanto abrió el segundo sobre y vio lo que había en el interior, le pareció que se le helaba la sangre.

«Ayer hablé con Abel, muy en serio», dijo Nuria con un tono que anticipaba cierta solemnidad.

«¿Sí?», dijo él tratando de que no se notara su inquietud.

«Sí, ¿qué te pasa?»

«Nada.»

Nuria miró vagamente el sobre que tenía en las manos pero no le dio más importancia. Había sido una visión fugaz pero temible, y de una manera intuitiva Marcos había tenido un impulso rápido: volver a meter las fotografías en el sobre y apartarlas junto al resto de los dibujos como si no hubiera nada importante en el interior. Nuria no se había dado cuenta, seguía su propio razonamiento como un hilo en un cuento infantil, pero él todavía sentía la marca de aquella imagen como si se tratara del escozor de una quemadura.

«Muy en serio...»

«¿Y qué dijo?»

«No piensa volver, no le importa lo que hagamos con la casa, no quiere saber nada. *Como si le prendemos fuego,* me dijo. *No lo dices en serio,* le dije yo. *Totalmente, ponme a prueba,* me contestó. Le pregunté si era rencor y me dijo que no, que no sentía ningún rencor, que no sentía nada.»

Era un poco humillante la prolijidad con que Nuria reproducía la conversación con Abel, como si al tratar de no olvidar nada y de reproducir con la mayor exactitud las palabras que había dicho su hermano guardase todavía la esperanza de que se le hubiese escapado algo que pudiera analizar otra persona, una señal que diera pie, aunque fuera de una manera lejana, a la esperanza de que no se borrara por completo de su vida.

«Le pregunté si tenía que ver conmigo y me dijo que no. Le pregunté si tenía que ver con sus últimos años en España, con todas las cosas que había pasado en esa época, y me dijo que tampoco. Le pregunté si tenía que ver con mi madre y me dijo que en un momento había pensado que sí, pero que ahora se daba cuenta de que tampoco. Me dijo que no sentía nada. Me miró de pronto y me dijo: *No siento nada, ¿entiendes?* Como si hubiese algo que entender.»

Marcos dejó el sobre a un lado para que no lo viera Nuria. Durante todo aquel tiempo no había dejado de mirar el cuadro de la habitación del hotel. Nuria se acercó un poco antes de seguir y acarició con el dedo pulgar algo que no se sabía si era una mancha de polvo o una pincelada. Resultó ser una mancha de polvo. Si hubiese habido un gran secreto que contar, un abuso perdido en la noche de los tiempos, un rencor imperdonable que se hubiese guardado en el corazón durante años, una revelación asombrosa, sin duda aquél habría sido el momento más apropiado para dejarlo caer como una bomba de protones, pero lo cierto era que no había ningún rencor guardado, ningún secreto estancado, ninguna revelación sorprendente, lo que había era sencillamente eso: una casa llena de cuadros y esculturas, un hijo que no quería estar allí y una hija que se aferraba con menos confianza cada vez a lo poco que quedaba de su familia.

«En el fondo le veo muchísimo mejor que antes, ¿tú no?», prosiguió.

«Sí... Distinto al menos.»

«Más relajado», siguió diciendo Nuria, «menos tenso. Puede que sea Guillermina.»

A Marcos le pareció que había una venganza sutilísima en utilizar su nombre completo: Guillermina.

«Puede ser. A mí ella me gusta.»

«A ti te gusta todo el mundo.»

«¿Me debería molestar ese comentario?»

Nuria apoyó la cabeza un segundo en su pecho y la levantó, un truco para borrar al instante la ofensa y retomar el verdadero tema.

«Antes la tensión era algo, pero esto ¿qué es? Esto no es nada.»

Tenía la vaga sensación de que debía abrazarla, no lo hizo. En vez de eso volvió a coger el sobre marrón y lo aseguró por detrás de los dibujos de la carpeta. ¿Había visto de verdad lo que había visto? Tenía la necesidad de quedarse a solas con aquel sobre y con lo que había en su interior para poder verlo con tranquilidad. ¿Era morbo? ¿Qué era? Le molestaba un poco tener que estar consolando a Nuria, pero a decir verdad no se creía del todo la solemnidad de su tristeza.

«Escucha, Nuria, ¿por qué no intentas buscar un lugar nuevo? Un espacio nuevo, un sitio en el que te puedas encontrar con él. Podríamos volar una vez al año a Colombia, ahí tienes a Mina. Ella es su nueva vida ahora, ¿por qué no intentas hacerte amiga suya? No la esquives, no la interrogues sobre Abel, déjala que te cuente sus cosas...»

«¿Y a mí? ¿Por qué tampoco me importa *a mí*?», le interrumpió Nuria.

Su mirada brilló un instante con el fulgor de un llanto controlado. No iba a llorar, por supuesto que no iba a llorar, pero ahí estaba el brillo. Lo había dicho desarmada y sin miedo, mirándole tan fijamente a los ojos que Marcos supo que era difícil que hubiese una vuelta atrás. Pero no parecía haber rencor en ese llanto controlado, únicamente dolor, un dolor familiar y duro, ese tipo de dolor que sólo puede causar un familiar a otro: una madre a un hijo, un hermano a una hermana.

«Te voy a decir algo sobre mí. Dos cosas. Uno, no me

gusta mendigar, no soporto mendigar cariño, no sirvo para eso. Me canso y me pongo triste. Dos...»

Marcos la besó en la comisura del labio.

«Dos: necesito ser justa con mis sentimientos pero no puedo mantener un conversación yo sola conmigo misma, ¿entiendes? Para tener una conversación hacen falta dos personas, y si no, no es una conversación, es un monólogo.»

«Ya.»

«Y todo esto es aburrido, monótono y no lleva a ninguna parte. Ni siquiera tiene la virtud de ser triste.»

Abel asomó entonces la cabeza a la puerta del estudio.

«¿Interrumpo?»

«No», dijo Nuria, «¿cómo vais?»

«Bien, todo bien.»

Aparecía Abel y todo comenzaba de nuevo. ¿Era verdad o sólo una ilusión: comenzaba realmente de nuevo?

«¿Me echas una mano?», preguntó.

«Claro», dijo Nuria levantándose y yendo tras él, pero antes de salir del estudio se acercó hasta Marcos y le dio un beso profundo e inhalador, como si fuera un fumador apurando una última calada antes de un vuelo transoceánico. Marcos se quedó a solas, se sentó en la banqueta del estudio de Marisa de frente a la pared para que nadie le pudiera pillar por sorpresa si entraba en el estudio y abrió lentamente el sobre. Eran cuatro fotografías, la única persona que aparecía en las cuatro era Marisa y en las cuatro estaba totalmente desnuda. Decidió en ese mismo instante que nunca se las dejaría ver a Nuria. Nada parecía indicar que se las hubiese hecho otra persona. A pesar de que los desnudos eran integrales y las posturas relativamente procaces, su gesto no parecía estar tratando de seducir a nadie. Puede que fueran estudios para algún cuadro, aunque también eso resultaba poco verosímil, quién sabe por qué. Puede que se las hubiera hecho a sí misma por alguna razón que ya era imposible adivinar. Daba la sensación de que hacía un poco de frío en ellas, había una luz amarillenta un poco pastosa y otoñal. ¿Por qué no sentía pudor? No fue, desde luego, ni excitación ni vergüenza lo que sintió, aunque la primera sensación había sido semejante a la floración intestinal y nerviosa que recordaba cuando vio por primera vez una revista pornográfica con doce años. En una de ellas Marisa estaba sentada en una silla con las piernas abiertas, en otra se había puesto de espaldas y miraba por encima de su propia cadera en un gesto tan estilizado que parecía la copia de otra imagen, en otra estaba de pie, junto al gran ventanal del estudio. Tenía unos pezones exageradamente pequeños, como los de un hombre, y una caída de pecho que no habría imaginado nunca, muy bonita y juvenil, con la sombra de una vena azulada en uno de ellos, unos muslos tal vez un poco gruesos, pero bien definidos. Marisa se miraba fijamente a sí misma. Marcos tenía la impresión de que podía «verla» literalmente contemplando aquellas fotografías, buscando algo, tratando de dilucidar en qué lugar había ingresado. Tenían la solidez rugosa de lo pornográfico: la mirada se iba involuntariamente a la vagina en todas ellas, una vagina rosada, pero con los labios un poco oscuros y abiertos. Aquella vagina era a la vez la juventud y su negación, se había rasurado el bello púbico, quizá para aquellas mismas fotos, un gesto de coquetería, eso era juvenil: la actitud, el peso sin embargo no lo era (no se trataba de que tuviera unos kilos de más –no los tenía– sino de algo casi metafísico, su manera de ocupar espacio en el mundo), el peso era el de una mujer madura, experimentada y tal vez un poco triste. En el cuello llevaba algo parecido a un camafeo con una cadena larga de plata que agarraba con la mano izquierda en la fotografía en la que estaba de pie. Las fotografías

151

eran sexuales pero su frontalidad hacía rebotar su sexualidad convirtiéndolas en una especie de espejo. En realidad eran de una intimidad inquietante. A Marcos de pronto le daba la sensación de haber tenido en vida la oportunidad de haberla conocido en una situación comprometida y alegre, con una larga bata vaporosa de seda, o tras una cena larga, alcohólica y jovial en la que los dos comensales sabían que iban a hacer el amor a continuación.

Volvió a meterlas en el sobre y salió del estudio. Pasó junto al dormitorio y vio en la habitación a Abel, a Nuria y a Mina. Había tres o cuatro cajas abiertas frente a ellos e iban echando en una o en otra prendas de ropa que habían distribuido en el suelo y en la cama. Parecían un equipo de arqueólogos bien compenetrados y fríos, resolviendo una tarea que no requería mucho esfuerzo pero sí una gran concentración. Estuvo a punto de decir algo pero apenas le dio tiempo a abrir la boca porque sonó el teléfono móvil, delatándole.

Abel levantó la cabeza de una de aquellas cajas.

«Te llaman», dijo.

Era su padre.

«Mierda», dijo contemplando la palabra *Hastalueguito* en la pantalla parpadeando una y otra vez. Llevaba tres días retrasando la llamada. Cogió el teléfono como quien se sumerge en una piscina tratando de cruzarla sin respirar y salió a toda prisa de la habitación. Abel debió de decir alguna cosa porque las dos se rieron a la vez.

«Papá.»

«Hijo.»

«Feliz Navidad.»

«Feliz Navidad.»

«¿Cómo va todo por ahí?»

«No muy bien, la verdad.»

«Vaya.»

De vez en cuando su padre decía que las cosas no iban demasiado bien sin que eso supusiera ningún signo de alarma, pero algo en el tono le hizo sospechar que aquella vez era distinto. Improvisó una pequeña resistencia alargando el silencio para ver si su padre decidía obviar aquello que no iba «muy bien», pero su pequeña cobardía se amplió en un silencio más que elocuente desde Toledo. Al fondo, se oyó a Abel comentar algo más y de nuevo las risa de las dos.

«Pésimo, la verdad es que va pésimo», dijo su padre al final.

«¿Cómo pésimo?», preguntó alejándose un poco más hasta la cocina y cerrando la puerta tras él. «¿Ha pasado algo?»

«Sí, ¿por qué no me has llamado antes?»

No esperaba que su padre le hiciera esa pegunta, no era su estilo en absoluto y lo hizo de una manera tan desarmante que no le quedó más remedio que contestar con la verdad:

«Se me olvidó, papá, lo siento mucho. ¿Qué ha pasado?»

«¿Se te *olvidó*?»

«¿Qué ha pasado, papá? Me estás empezando a poner nervioso...»

Hubo un pequeño silencio y un carraspeo.

«La verdad es que no sé ni por dónde empezar», dijo.

Para ir desde la sierra de Madrid hasta Toledo había que regresar primero a Madrid y luego viajar desde allí una hora por autovía. Marcos estaba tan aturdido que se equivocó de salida y se fue en dirección contraria. Tuvo que regresar hacia la sierra para poder tomar de nuevo la desviación hacia Madrid. Había sido culpa suya en realidad, cuando su padre le contó lo que había sucedido él contestó:

«¿Quieres que me acerque?»

«Te lo agradecería.»

Calculó sobre la marcha: Abel y Mina también regresaban a Colombia al día siguiente, podían volver todos juntos a Madrid y desde allí él se podía acercar a Toledo. Si iba temprano tal vez podía regresar esa misma noche a Madrid de vuelta.

«Mañana por la mañana voy.»

«¿Y no podrías venir ahora?»

«¿Quieres decir *ahora mismo?*», preguntó Marcos mirando el reloj, apenas eran las dos de la tarde.

«Sí, ¿tienes algo que hacer?»

Le dio un repentino asco de sí mismo estar siendo tan mezquino con su padre en una circunstancia como aquélla.

«Claro que sí, papá, voy esta misma tarde, no te preocupes.»

«Te puedes quedar aquí a pasar la noche si quieres, no hay problema.»

La idea le hizo estremecerse de espanto pero respondió: «Por supuesto.»

La conversación con su padre parecía haberse producido en alguna parte *trasera* del cerebro, tener su propia velocidad, había entendido todo lo que le había dicho su padre y había respondido en consecuencia pero el verdadero significado de la conversación no había llegado aún, estaba flotando de algún modo en el éter, como los desnudos de su suegra en aquellas fotografías que no sabía cómo se había conseguido meter en el bolsillo de atrás del pantalón sin que Nuria se diera cuenta. El resto había sido una verdadera despedida, Marcos les había reunido a los tres, les había contado someramente lo que le había dicho su padre y les había informado de que se tenía que ir ya, *ahora mismo.*

«Pobre hombre», habían dicho los tres.

154

«Sí, pobre hombre.»

«¿Te vas ahora, entonces?», preguntó Nuria.

«Sí, qué remedio. Casi me ha obligado.»

«Es de locos.»

Abel sonrió para sí. Una sonrisa perversa, interna. Mina tuvo un gesto delicado y bonito, le puso una mano en el hombro y la dejó allí unos instantes, una especie de caricia inmóvil. Casi le pareció que en otra vida habría podido enamorarse él también de alguien como Mina.

«No quiere estar solo», dijo.

«Evidentemente», dijo Nuria. Se habían reído tantas veces de él en privado y fíjate ahora, parecía estar diciendo.

Antes de ir a la habitación a organizar sus cosas coincidió con Abel en el pasillo, a solas. No le dio tiempo a pensar que aquella vez podía ser muy bien la última que le viera en su vida, pero alguna parte de su cuerpo o de su intuición lo debió de sentir porque se dijo a sí mismo: «Es Abel Cotta. *Abel Cotta»*, como si fuese aquella primera vez que Nuria le dijo que era su hermano. De una manera extraña regresó sobre el rostro de Abel su fulgor, tal y como dicen que regresan los gestos naturales en los enfermos de Alzheimer cuando su enfermedad ha dejado su cuerpo irreconocible.

«Buena suerte.»

«Sí, gracias.»

Le dio un abrazo sincero. Con un poco más de tiempo habría podido preparar algo mentalmente, algo que facilitara que Abel y Nuria se despidieran al menos en los términos más cariñosos cuando él no estuviera presente, pero si lo hubiese preparado habría acabado siendo algo demasiado alambicado o retórico. De modo que ésas habían sido las últimas palabras que le había dicho su cuñado: *Buena suerte*. Y a continuación Abel había regresado al dormitorio de Marisa a seguir embalando cajas. Le vio irse y tuvo las mismas ganas que se pueden llegar a sentir de arañar un coche de lujo sólo para que quedara allí algo suyo, decirle algo desagradable, tirarle aquel sobre marrón con las fotografías de Marisa que llevaba en el bolsillo trasero. Una centésima de segundo y todo se esfumó, Mina también, envuelta en aquella ola de Abel, le dio un beso suave y minúsculo casi en la comisura del labio y él puso la mano abierta en aquella espalda pequeña. Nuria le acompañó hasta el coche y le abrazó allí. La carretera tenía placas de hielo.

«Ten cuidado.»

«Sí, tranquila.»

«En serio te digo, mira cómo está todo.»

Hacía tanto frío que de la boca de Nuria salía una densa nube de vaho. Le hizo sonreír. Ella sonrió de vuelta.

«Qué desastre.»

«Qué desastre», repitió él.

«Dale un beso enorme de mi parte.»

«Lo haré.»

Era como si se sintieran fuertes por alguna misteriosa razón, como si se hubiesen convertido en unos superhéroes invertidos cuyos poderes se alimentaran de una manera un tanto perversa de la desgracia ajena. A Nuria, al salir sin el abrigo, se le puso la cara tersa de inmediato, la punta de la nariz se le congeló y en las mejillas apareció un bonito color rosáceo.

«Llámame esta noche para contarme cómo ha ido todo.»

Luego, en la carretera, con Madrid en el horizonte y la sierra todavía reflejada en el espejo retrovisor, pudo empezar a recopilar mínimamente lo que había sucedido. Las palabras de la conversación con su padre flotaban a su alrededor y se iban solidificando como las almenaras de una particular fortaleza. Lo cierto es que no le había parecido que su padre estuviera compungido, en realidad tenía más bien el esquematismo neutro de los partes de guerra, el tono que emplean las personas cuando aún no han conseguido relacionarse sentimentalmente con lo que les ha sucedido y se limitan a exponerlo sin emoción, pero con miedo.

«Tu madre se acaba de marchar.»

«*Cómo* que se acaba de marchar.»

«Se acaba de marchar de casa, tiene un amante. Lo ha estado teniendo todo este año, puede que más tiempo. Me lo dijo el día antes de Navidad. No debía aguantar más.»

«¿Dónde está ahora?»

«No sé, la verdad.»

«¿Me estás hablando en serio?», preguntó Marcos.

Su padre se quedó un instante callado y a continuación respondió algo que ya no le hizo tener ninguna duda de que estaba diciendo la verdad:

«¿A ti qué te parece?»

La atmósfera en el interior del coche estaba impregnada de una humedad pegajosa y recalentada por la calefacción. No era que no creyera a su padre, sino que lo que estaba diciendo tenía que haber sucedido en otra dimensión, en una estructura espacio-temporal distinta.

«Perdóname.»

«No, perdóname tú, hijo, no tengo por qué hablarte así.»

En aquel momento de la conversación se seguían oyendo las risas de Abel, Nuria y Mina en la habitación. Él se había sentado a la mesa de la cocina, una mesa rústica de madera noble que seguramente Marisa había comprado en algún mercadillo. Todavía estaban sobre la mesa los restos del desayuno y se puso a jugar con las migas de pan, aplastándolas con la punta del dedo índice y metiéndoselas en la boca.

«¿Cómo estás tú?»

«¿Que cómo estoy yo?», repitió su padre sin mostrar la menor capacidad de responder a aquella pregunta, y aquél fue el momento en que le preguntó si quería que se acercara a verle. Ahora, ya en el coche y a pocos kilómetros de Madrid, la pregunta volvía a tener una dimensión real.

«¿Que cómo estoy yo? No sabría decirte, la verdad.»

Era la primera vez que le había visto a la defensiva en su vida, pero él tenía aún demasiadas preguntas concretas, preguntas que necesitaban respuesta para que el mundo comenzara a ordenarse de nuevo en una estructura lógica. ¿Quién era el amante? No lo conocía. ¿Un amigo suyo, de los dos? Sí, un conocido. ¿De Toledo? Sí, de Toledo. ¿Entonces seguían en Toledo? Eso no lo sabía. ¿Pero sabía dónde vivía el amante? Sí. ¿Y allí no estaban? No. ¿Había dejado una nota o algo? Ya le había dicho que se había despedido en persona, sin notas. ¿Y no le había dicho adónde pensaba ir? No, no se lo había dicho. ¿Nada, ni una señal, nada?

«Escucha, hijo, ¿por qué no lo hablamos cuando estés aquí? Por teléfono es un poco agotador...»

Ahora, al regresar a casa, a su casa, a Toledo, recordaba una ocasión en la que había hecho aquel mismo viaje poco después de conocer a Nuria. Él tenía treinta años y llevaban saliendo poco más de tres semanas. Hacían el amor a diario. Era como estar tumbado con aire señorial esperando a que la vida fuera disponiendo de todos los placeres que estaban a su alcance para seducirle. Aquella mañana Nuria se había despertado a su lado y le había dicho: «¿Sabes? Creo que me estoy enamorando de ti.» Recordaba haber conducido a lo largo de aquella misma carretera arrullado por la tersura de esa frase, tener la sensación de volar *envuelto* en ella. Ahora la carretera estaba impregnada por una sustancia desagradable pero cuya naturaleza parecía brotar de aquella misma imprevisibilidad del amor. De la sorpresa de que alguien se hubiera enamorado de su madre a aquella edad brotaba otra, la sorpresa de que su madre se hubiera enamorado.

¿Acaso estaba en aquel momento haciendo el amor como una universitaria en algún hotel rural, brindando con champán y saliendo del baño con una toalla blanca enrollada en la cabeza? La imaginación componía tan difícilmente una imagen así que la única forma de hacerlo era en forma de collage: imaginando a otra persona y luego recortando su cara y pegando la de su madre. ¿Y aun así... quién podía reprochárselo? ¿No había estado más de cuarenta años trabajando seis días a la semana nueve horas al día? Lo que más le desconcertaba era que aquella imagen cuadraba muy difícilmente con la casi total falta de talento de su madre para el placer. ¿Se había convertido de pronto en otra persona o es que no la había conocido jamás? ¿Quién era aquel mago que había agarrado a una mujer en el final de su mediana edad, sin más virtudes visibles que la capacidad para el trabajo, y la había convertido en una muchacha enamoradiza y capaz de empezar de cero?

Cuando alcanzó la puerta de su casa no había llegado a ninguna conclusión. Buscar aparcamiento en el centro de Toledo era una prueba de paciencia tan monumental que anulaba cualquier tipo de pensamiento y dejaba en un estado de crispación del que era difícil reponerse. Marcos tuvo que respirar hondo antes de llamar al telefonillo.

«Cuánto has tardado», dijo su padre.

«¿Me abres?»

Subió por las sombrías escaleras hasta el segundo C, donde su padre esperaba con la puerta abierta. Estaba vestido de domingo y aseado, no tenía ningún signo externo de dolor ni de abandono. Tal vez aquél fuera el primer signo inquietante: su excesiva prolijidad. Tenía un olor demasiado intenso a jabón o a aftershave, o a champú, como si se hubiese estado frotando a conciencia durante horas. Por otro lado, cuando le dio un abrazo, a Marcos le pareció que era precisamente su padre el que estaba esperando de él un diálogo más propio de una película altisonante: *¿Pero cómo te ha podido abandonar? ¡No, no puedo soportarlo!* Y cualquier cosa que no fuera en ese tono (y le obligara a él por tanto a adoptar el papel del racional y el razonable) le dejara un poco desconcertado.

«¿Qué tal la carretera?»

«Bien.»

«En el telediario comentaron que iba a llover a mediodía.»

«Pues no ha llovido.»

«Ya.»

«¿Cómo te encuentras?»

«Oh, estupendamente», respondió su padre con una sonrisa digna del gato Cheshire.

Marcos pensó que aquello iba a ser muchísimo más difícil de lo que había pensado en un primer momento. La casa no le pareció cambiada a primera vista, pero cuando llegaron al cuarto de estar se dio cuenta enseguida de que había estado revolviendo los cajones y los muebles. Algunas cosas habían cambiado de sitio y el aire estaba cargado como si alguien hubiese estado durmiendo allí toda la noche. Todas las conversaciones con su padre comenzaban igual: le preguntaba primero por Nuria, luego por la universidad y el trabajo. Él le preguntaba por la tienda y por una tía con una mala salud de hierro que llevaba muriéndose doce años.

«Van a publicarme un artículo en una revista muy prestigiosa, la *Review of Modern Physics,* una revista yanqui. Hice un pequeño descubrimiento en el laboratorio de Barcelona.»

160

«Enhorabuena.»

«Gracias.»

Hubo un breve silencio.

«Nunca te he prestado mucha atención en esas cosas, ¿verdad, hijo? Lo siento. No es que no me alegre, es que para serte sincero casi nunca me entero de nada cuando me lo intentas explicar.»

«No te...»

«Eso no significa que no me alegre», le interrumpió. «Me alegro *muchísimo.*»

El tono con el que había dicho aquellas palabras era tan depresivo que Marcos no pudo evitar esbozar una pequeña sonrisa que su padre interpretó como una duda.

«Te lo digo completamente en serio», insistió, «*muchísimo.*»

«Lo sé.»

Identificó lo que le estaba sucediendo a su padre: estaba comenzando a acusarse de todo lo que iba mal o había ido mal a su alrededor durante los últimos treinta años. No quería ni imaginar hasta dónde había llegado en su interior, pero lo que sí parecía evidente era que no había habido nadie que le hubiese contenido durante aquellos días en su delirio masoquista.

«Tú no tienes la culpa de nada, papá.»

«No, ¿verdad?», respondió de inmediato con una pequeña sacudida emocionada. Luego se sentó y arregló meticulosamente una colección de seis tortugas de plomo en tamaño decreciente que desde que tenía conciencia de sí mismo habían estado persiguiéndose de menor a mayor sobre aquella mesa del cuarto de estar. Estaban en línea recta pero su padre las torció sólo para poder ordenarlas de nuevo. Sufría cambios de humor constantes y el sufrimiento se manifestaba en su caso siempre con el nerviosismo. Le dejó tranquilo un rato. Parecía más viejo que nunca: estaba más delgado y la ropa le caía sobre el cuerpo de una manera un poco extraña, como las telas encoladas de las figuras de un belén.

«¿Me quieres contar lo que ha pasado?»

Su padre puso la tortuga menor al frente y desvió la mayor. Hizo un pequeño cuadrado con las seis pero le habrían faltado dos más para que quedara perfecto, de modo que lo volvió a organizar y las puso en fila, la pequeña al frente y el resto a sus espaldas.

«Papá.»

«Sí.»

«¿Quieres que lo hablemos luego?»

«No, ¿qué más da?»

Resopló un poco, reorganizó una vez más las tortuguitas con un gesto muy femenino de la mano y dijo:

«Hace un par de semanas, cuando estaba recogiendo las cosas antes de cerrar la tienda, no sé por qué me dio por agacharme debajo del mostrador. Bueno, sí sé por qué, en la panadería de al lado habían tenido hacía poco..., bah, no importa.»

Se quedó callado tanto tiempo que Marcos comenzó a temer que estuviera trastornado. Hablaba sin levantar la cabeza. Había agarrado la tortuga más pequeña y le había dado la vuelta de modo que casi parecía estar hablando con ella más que con él.

«El caso es que me agaché y vi... una bolsa, o un saco, era de tela. La saqué y dentro había una bolsa negra, de plástico. Aquí está.»

Metió la mano debajo del sofá y sacó la bolsa. Era, tal y como había dicho, una sucia bolsa de tela marrón del tamaño y el grosor de un libro voluminoso. La abrió despacio y sacó del interior un fajo de billetes de cincuenta y veinte y diez euros y a continuación otro más. Los billetes estaban atados con cintas en dos fajos y tenían el tamaño de una mano abierta.

«En total hay cinco mil trescientos cuarenta euros», dijo poniéndoselo en la mano como un golpe de efecto. Marcos nunca había tenido tanto dinero en papel moneda en la mano. Le inquietaba el peso, como aquella vez en la infancia cuando agarró con la mano una paloma muerta y le dio la sensación de que era mucho más *pesada* de lo que habría podido imaginar nunca y ese peso, quién sabe por qué, le pareció siniestro. También aquel dinero era pesado. Las cintas con las que estaban separados los fajos indicaban que fuera quien fuera la persona que hubiese estado guardándolo lo tenía muy bien controlado. Tenían también un extraño olor a rancio, puede que de la suciedad de la bolsa, aunque parecía emanar de los propios billetes.

«No ha sido muy difícil contarlo porque tu madre los fue separando con cintas cada vez que sumaban cien.»

«Eran de mamá...» A Marcos ni siquiera le salió aquella frase con la entonación de una pregunta. La que sí salió con la adecuada fue la siguiente: «¿Para qué?»

Su padre no contestó. No hacía falta. Su madre había estado ahorrando dinero quién sabe durante cuánto tiempo para fugarse con su amante. Qué extraordinariamente verosímil era esa idea en ella. Qué anacrónica y antediluviana y sin embargo qué impresionantemente real. Era como si alguien hubiese revelado las palabras de un solemne jeroglífico egipcio con una especie de tristeza maliciosa y el significado hubiese sido algo tan ridículo como *odio el pollo frito*.

«Cuando lo descubrí no le dije nada, sencillamente lo escondí en otra parte. A los dos días me preguntó dónde estaba el dinero. Yo le pregunté que a qué dinero se refería. Lo preguntó varias veces, recuerdo. Nunca me había mirado

163

de ese modo. La cara de tu madre parecía... de corcho. Se fue de casa sin decir nada. Volvió a las dos horas, me dijo que tenía un amante y que me dejaba, eso es todo. Le pregunté quién era y me lo dijo.»

«¿Y quién es?»

«Trabaja en el ayuntamiento, no sé muy bien lo que hace. Se llama Antonio, no le conoces. Nada, alguien de por aquí, nadie. Te parecería feo si le vieras.»

Le produjo una extraña congoja aquella última frase.

«¿Sospechabas algo?»

«No, tu madre era muy discreta.»

«¿Y tú cómo estás?»

«Bien, supongo.»

Lo que estaba haciendo su padre exigía una considerable cantidad de sangre fría, pero la incomodidad no parecía manifestarse en los lugares previsibles. Todo lo que le había pasado hasta ese momento era tan incontestable y a la vez tan incomprensible como aquellos dos fajos de billetes que su madre había ido arañando a diario y que ahora, sobre la mesa, les daba todo el aspecto de dos traficantes de barrio. Hasta el círculo de tortugas parecían estar adorando aquella masa de dinero.

«¿Y qué piensas a hacer con el dinero?», preguntó.

«No sé, ¿lo quieres tú?»

La simple idea de llevarse aquella bolsa de dinero le dio un escalofrío.

«No.»

«Entonces no sé qué hacer. Lo único que se me había ocurrido era dártelo a ti.»

«¿Cuánto me has dicho que era?»

«Cinco mil trescientos cuarenta euros.»

No recordaba qué le hizo pronunciar aquella palabra. Marcos sabía, o creía recordar al menos, que no brotó de la

164

inteligencia consciente, ni siquiera del estómago o de la sangre, sino de otro lugar, un lugar limítrofe, como la zona de evaporación del agua ante un hierro al rojo vivo, un lugar parecido al del humor frente al mundo real, al del payaso frente al ministro.

«Quémalo.»

Su padre soltó una carcajada seca y a continuación le miró fijamente. Como no respondió a su carcajada su padre soltó otra, quizá por puro nerviosismo. Le pareció que su gesto, al hacerlo, perdía la rigidez que había tenido hasta ese instante y se volvía más juvenil.

«¡Sí, hombre!»

«¿Por qué no?»

«¿Cómo voy a quemar cinco mil euros?»

«Cinco mil trescientos cuarenta euros.»

«El dinero no se quema, hijo», dijo su padre tratando de que la razón cayera por su propio peso, pero lo cierto es que no cayó, la frase se quedó suspendida en la inseguridad y Marcos entendió que había sido dicha sin convicción y que existía una mínima oportunidad de que acabara haciéndolo.

«¿Por qué no?»

«Para empezar, creo, es delito...»

«Sí, eso es verdad.»

«¿Lo ves?»

«¿Y qué importa?»

Durante un instante se sintió como aquel chico de la adolescencia que impulsaba y seducía a los más débiles para que acabaran haciendo en un momento de falta de personalidad algo para lo que ni siquiera él mismo tenía valor. Pero su padre no era un muchacho de trece años.

«¿Por qué tienes *tú* tanto interés en que queme ese dinero?»

La pregunta de su padre tuvo un efecto doble: por un

lado le despertó de nuevo (era su padre otra vez, había recuperado su aplomo) y por otro le arrinconó a él ante una realidad con la que todavía no se había familiarizado. Era absolutamente cierto; desde que había dicho aquella palabra había nacido en él una imperiosa necesidad de ver arder ese dinero. ¿Por qué? En parte era como si se hubiese activado una erótica, pero no de la destrucción. No deseaba destruir aquel dinero sencillamente por el placer macabro de inutilizarlo, ni mucho menos intentaba exorcizar la traición de su madre con un gesto «purificador», en realidad era más bien como un movimiento que nacía de ese mismo dinero en concreto, de la naturaleza que lo había impregnado, de la forma en la que había sido amasado, una erótica que danzaba precisamente alrededor de su propio origen y que también tenía que ver con todo lo que le había sucedido durante los últimos meses: el trabajo en el laboratorio, la noticia de la publicación del artículo, la visita de Abel, Nuria...

«Ese dinero es tuyo, papá, o no es de nadie. Puedes devolvérselo a mamá si quieres.»

«No, eso *no*», respondió de inmediato, casi temblando, y lo metió de nuevo en la bolsa como si se tratara de un ídolo de una tribu amazónica que hubiese estado ejerciendo sobre ellos una influencia perversa. Lo escondió luego en el mismo lugar del que lo había sacado, de algún hueco bajo el sofá.

«Escucha», dijo Marcos por fin, «¿por qué no salimos a cenar a un buen sitio? Creo que nos vendrá bien a los dos.»

Dos horas más tarde estaban sentados en un restaurante carísimo en el que hacía diez años había celebrado el banquete de bodas una de sus primas. Su padre miraba la carta y picoteaba las tostadas que les había puesto de aperitivo. Los dos se arrepentían de estar allí pero trataban de

166

parecer animosos para no deprimir al otro. Ya habían comentado un par de veces que apenas había cambiado nada desde la celebración de la boda, que fue en otra sala distinta pero casi idéntica a aquélla. Marcos había preguntado si aquellos trofeos de caza serían o no del dueño y su padre había contestado que no tenía ni idea, lo había dicho con voz débil, como si se hubiese cansado ya, antes de empezar, de hacer teatro, y él había estado a punto de sugerirle que si quería se podían ir inmediatamente de allí, un poco egoístamente cabreado por el mal humor de su padre, para luego compadecerse de su situación al segundo siguiente.

«¿Te acuerdas de la borrachera del primo Miguel?»

El primo Miguel, ese especialista en borracheras olímpicas. No había familia en Toledo sin su ejemplar correspondiente.

Su padre sonrió releyendo el menú sin comentar si lo recordaba o no colgando la liga de la novia en uno de los cuernos de un trofeo de caza mayor y a punto de partirse la cabeza al bajar apoyándose (y rompiendo) la balda de uno de los muebles del salón. La llamada de Nuria fue un alivio tan espectacular que el sonido del teléfono móvil no le hizo echarse a reír de milagro.

«Perdona, papá, es Nuria», dijo levantándose tal vez más rápido de lo razonable.

«Claro, no importa, dale un beso de mi parte.»

Se alejó diez metros y se metió en una especie de ropero en el que en su momento debió de haber un teléfono público y ahora no había nada. Nuria parecía alegre. Le preguntó cómo iba todo por allí y él respondió que se lo podía imaginar. No comentó nada del dinero.

«Estábamos a punto de empezar a cenar, hemos venido a un restaurante. ¿Te acuerdas del sitio donde se casó mi prima Teresa?»

«Sí, me acuerdo. ¿Qué hacéis ahí? ¿No es carísimo?»

«Sí, no sé, me pareció una buena idea. Parece más animado», mintió.

«Por aquí muy bien», dijo ella.

«¿Por qué? ¿Qué ha pasado?»

«Nada, supongo, nada en especial.»

«¿Y por qué dices que va todo tan bien?», insistió, se daba la vuelta y la imagen de su padre le parecía tan deprimente que tenía necesidad de que alguien le dijera algo mínimamente optimista.

«De pronto ha sido como si entendiera cosas, amor», dijo Nuria con un tono muy dulce.

«¿Sí?»

Un poco más y a lo mejor se habría puesto a llorar porque sólo con aquella frase de Nuria ya se le había cerrado la garganta.

«Sí», respondió cambiando súbitamente de tema, con la exaltación tan particular que tenía siempre la alegría en Nuria, tan esquiva como en la tristeza. ¿Acaso había otra mujer en el mundo aparte de Nuria a la que la alegría le causara pudor? ¿Era eso la intimidad en un matrimonio: ser capaz de intuir de una manera velada y difusa su buen humor, su alegría, aunque no fuese capaz de formular lo que la había provocado? Sentía la alegría de su mujer como el rumor sordo en el fondo de un lago, su corriente interna, su energía. «Pero no te llamo por eso», dijo al final.

«¿No?»

«No. Se me ha ocurrido una idea para lo tuyo.»

«¿Para qué?»

«Lo del autorretrato de la revista, todavía no sabes cómo hacerlo, ¿verdad?»

«Ah, no.»

«Escucha, haz lo siguiente: no pienses en el retrato como

en un conjunto, piensa sólo en las partes. Haz una lista de cosas que te gustan, de cosas que recuerdas, de cosas que te han sucedido y ponlas todas seguidas, una detrás de otra, deja que sean las cosas las que te retraten a ti, pero sin juicios ni nada, haz una lista sin más. Tiene que funcionar *por acumulación,* ¿entiendes?»

«Me gusta tu idea.» La pensó un rato, con detenimiento, mientras se daba la vuelta de nuevo hacia su padre, que seguía allí, dándole vueltas a su copa de vino en la mesa. Oía la respiración de Nuria al otro lado del auricular. «Me gusta mucho tu idea, amor. Una lista de cosas.»

«Una lista de cosas que te gustan, por ejemplo.»

«Sí.»

Se quedó un segundo en blanco y al instante se le ocurrió la primera cosa que pondría en aquella lista.

«De nada», dijo Nuria.

«Gracias.»

Intentó no decir que la quería. Siempre acababa diciendo que la quería en ese tipo de situaciones y luego siempre se arrepentía de haberlo hecho, no sabía por qué. Recordaba la primera vez que Nuria le preguntó por su familia cuando se conocieron, la forma frontal y casi inocente en que lo hizo: «¿Cómo es tu padre? ¿Le quieres mucho?» Sí, sí le quería, mucho.

Se despidieron hasta el día siguiente y regresó a la mesa. La cena entera transcurrió a una velocidad extraña. Tendrían que haber elegido un restaurante un poco peor; parecía que estaban celebrando algo. Comieron en un silencio religioso una perdiz que estaba tan exquisita que a los veinte minutos lo único que quedaba en sus platos era un esqueleto pulido como un saquito de palillos de dientes. Se veía que la tristeza, a diferencia del resto del mundo, le daba a la familia Trelles un hambre voraz, pero había también algo que les dejaba apartados, como si no se pudiesen relacionar del todo con el placer del vino, de la carne, comían con hambre, pero también con un poco de dificultad. Su padre movía la cabeza cada vez que la levantaba del plato como hacía en la tienda cada vez que metía algo en la bolsa del cliente y decía: *«Más cositas.»*

Mascositas y su primo cercano *hastalueguito* eran dos tintineos trágicos, pero aun así había algo distinto en su padre desde que se habían sentado a comer en el restaurante, un aire que no tenía cuando se había encontrado con él en la casa y que sí tenía ahora, una melodía un poco sentimental quizá.

«Qué bien que has venido», dijo, echándose hacia atrás y apartando un poco el plato con los huesos bien apilados, como un pequeño triunfo sin importancia.

«No es nada.»

Y a continuación se puso un poco solemne y dijo sin mirarle:

«Me pregunto por qué no he tenido nunca amantes ni nada por el estilo. He tenido varias veces oportunidades, siendo tú adolescente, recuerdo. Y también hace no mucho, cinco o seis años. Me pregunto por qué no he tenido necesidad. Tu madre es muy posesiva, en fin, *era,* tal vez sea ésa la razón, que era muy posesiva.»

«Puede ser.»

«Y en las ciudades pequeñas, tú lo sabes, no es fácil. Todo se sabe inmediatamente, es un desastre. Puede que esté en Francia.»

«¿Quién?»

«Tu madre. Comentó hace un par de meses... Estábamos viendo un programa sobre los castillos del Loira... Ya sabes, los castillos del Loira, famosísimos. ¿Cuánto se tarda en llegar desde aquí?»

«¿A los castillos del Loira?»

«No sé si están al norte o al sur.»

No pensaba en ella, Marcos estaba casi seguro de que no pensaba en ella, pero su ausencia le había dejado medio hechizado. ¿Pensaba en los castillos del Loira? Dijo de carrerilla que toda la ribera del Loira estaba plagada de castillos, que incluso el castillo de Disney era en realidad una copia de un castillo *real* que estaba en el Loira, ¿acaso sabía eso? Lo que no sabía, ni él ni tal vez nadie, era por qué había tantos castillos seguidos unos cerca de otros.

«También se puede hacer piragüismo», dijo al final en el colmo del despropósito, y luego se quedó callado mirando la punta del tenedor en la que todavía quedaban restos del milhojas con crema. Marcos se levantó sin decir nada y pagó la cuenta. Luego volvió hasta donde estaba su padre y le dijo:

«Vámonos a casa, papá.»

Fue un paseo de veinte minutos largos. La cena les había hecho entrar en calor y el paseo fue agradablemente frío y reconstituyente. Le daba la sensación de que el cuerpo de su padre era cada vez más pesado. Más pesado y más voluminoso. Le daba también la sensación de que en el fondo de su corazón su padre se despreciaba a sí mismo por la sencilla razón de no sentir pasiones. El sentimiento de inquietud y de desconcierto le daba una belleza descuidada muy particular, como si la belleza física de su padre sólo se manifestara de una manera perezosa.

«Allí hacen también un vino *extraordinario.*»

«Ya está bien.»

«Sí, tienes razón, ya está bien.»

Cuando entraron en casa todavía no sabía que lo iba a hacer. Su padre debió de haberlo decidido en el camino porque cuando llegó se fue directo al altillo donde guardaban la barbacoa que se solían llevar al campo cuando hacían excursiones años atrás. Estaba todavía allí, misteriosamente lustrosa, como si la hubiesen limpiado el día anterior. «Me vas a tener que ayudar», dijo poniéndose de puntillas.

Marcos acudió de inmediato en su ayuda. La sacaron de la caja de cartón en la que estaba guardada y la montaron en la pequeña terraza con sus tres patitas metálicas y su forma clásica de objeto volador no identificado. Su padre entró de nuevo en la casa y regresó con la bolsa de dinero.

«¿Estás seguro de que no lo quieres tú?»

«Seguro.»

Sacó el dinero de la bolsa, lo soltó de los fajos y fabricó una pequeña montaña de billetes extendidos y arrugados sobre la barbacoa. Al estar todos juntos adquirían una extraña cualidad de juguete, ¿había sido siempre tan brillante y tan absurdo el color rosado de los billetes de diez euros, tan mostaza el de los de cincuenta, tan ridículamente azul el de los de veinte? Parecían los billetes de un juego de mesa. De pronto le dio miedo de que no ardieran. O de que no ardieran lo bastante bien. Que hubiera que estar encendiéndolos una y otra vez, pero su padre sacó de la caja un pequeño bote de gasolina y los roció.

Sacó un mechero del bolsillo.

Lo encendió.

Ardían.

Ya estaban ardiendo.

Cinco mil trescientos cuarenta euros.

El olor a gasolina se esfumó de inmediato y apareció el del papel. Dos segundos más tarde se había extinguido también el del papel y les inundó un olor repugnante a algo parecido a grasa, la que habían dejado los miles de restos de

172

pieles humanas que habían pasado por aquellos billetes, los habían sacado y metido en carteras, bolsillos, cajeros automáticos, cajas de negocios, un olor a excrecencia, a transpiración, a fiambre en mal estado. También su luz era inquietante: tras el primer golpe de luz blanca de la gasolina, la pequeña montaña se había visto envuelta en una luz azulada.

Se echó la mano a los bolsillos y al tocar el sobre con las fotografías de Marisa lo tiró directamente a la barbacoa. Ahí ardían también, con los euros escondidos de su madre, la intimidad de Marisa, sus pezones pequeños como los de un hombre, la hermosa caída de sus pechos, sus piernas de excursionista alemana.

«¿Y eso?», preguntó su padre.

«Nada, unos ahorros.»

Su padre sonrió y a Marcos le pareció ver el rostro de su padre a esa luz con una suavidad difusa, como lo había visto tantas veces en la infancia. En realidad se parecía a él, se lo habían dicho tantas veces cuando era niño y adolescente que lo recordaba como una música lejana: lo idéntico que era. Ahora, bajo la luz de aquel dinero (su padre en realidad no lo había puesto todo sino que lo iba echando poco a poco, con una delicadeza inusitada, como si pusiera objetos sobre un mostrador), lo veía como algo duradero y sólido, una prolongación de su propio rostro, estaba a su lado con naturalidad, no le avergonzaba ni su tersura ni su tristeza, bajo la piel él también tenía unos huesos como los suyos, aquella nariz griega, aquellos ojos afilados y verdosos, aquellos labios finos, la barbilla redondeada con una pequeña depresión en el centro, la mejillas carnosas y la barba con canas en el comienzo de las patillas, las orejas sin lóbulos, el pelo castaño brillante, como el de una yegua saludable, la mandíbula cuadrada, la frente ancha y plana. Era igual que una ciencia.

173

Le pareció que su padre quemaba aquel dinero sólo por darle gusto, como en la infancia había ido en una ocasión al parque de atracciones de Madrid sólo por darle gusto, o al campo sólo por darle gusto, o había hecho una y otra vez aquel guiso de patatas con carne sólo porque le gustaba. Sintió por él un amor cuyo centro no sabía dónde estaba. Se perdía hacia el interior, hacia lo profundo. Sintió ganas de llorar de agradecimiento pero se contuvo y se puso a su lado, rodeándole con el brazo mientras él seguía echando billetes a la barbacoa hasta que se acabaron todos y volvieron a quedarse a oscuras.

«Te he arreglado la habitación, tienes unas toallas encima de la silla.»

«Gracias.»

«Deja esto aquí, ya lo recogemos mañana.»

Entraron de nuevo en casa sin necesidad de encender las luces. Caminaron ciegos, apenas tocando los muebles, murciélagos humanos.

«Hasta mañana.»

«Que descanses, hijo.»

Sintió cómo el cuerpo de su padre pasaba a su lado casi sin rozarle de camino a su dormitorio, que estaba al fondo de aquel pasillo. Se le veía en la oscuridad con la inanidad del afecto, caminando dignamente hacia aquella cama en la que hacía menos de una semana había estado durmiendo con su madre.

Entró en su habitación y encendió la luz. ¿En qué momento había hecho su padre la cama y había abierto las sábanas? La pequeña bolsa de viaje que había traído estaba junto a la mesa, sobre la silla (*su* silla, la silla en la que recordaba haber estudiado toda la vida, parecía tan pequeña que resultaba inverosímil). Muchas de las cosas que había habido durante su infancia y adolescencia habían desaparecido porque se había utilizado aquella habitación como cuarto de plancha y medio trastero. Le producía una ternura relativa haber sido infeliz tantos años en aquel lugar. Más que nostalgia sentía el vago deseo de comunicarse con el adolescente que había sido cuando dormía en aquella habitación y decirle que no se preocupara, que las cosas iban a acabar saliendo mejor de lo que pensaba. Le hizo una fotografía con el teléfono móvil y a continuación se sentó en la silla. La sensación persistía, la familiaridad, como persisten en algún lugar inhóspito las cualidades y los hábitos adquiridos: la capacidad para montar en bicicleta, los segundos y los terceros idiomas.

Sacó de la bolsa el cuaderno, lo abrió por cualquier parte, lo dobló con fuerza y se puso a escribir en una columna alineada al margen las cosas que le gustaban de la vida. La primera ya la había pensado en el restaurante y no tardó en escribirla. El resto fue escribiéndolas con lentitud pero sin pausa, con las piernas enroscadas en las patas porque desde que tenía conciencia de sí mismo siempre se había sentado de ese modo en aquella silla.

EPÍLOGO, UNA ACLARACIÓN SOBRE EL TÍTULO

Nunca habría podido imaginar en mi vida que un libro, una novela en este caso, la que el lector acaba de terminar, pudiera nacer de una manera tan natural de su propio título. Fue hace hoy unos tres o cuatro años, durante una excursión a la sierra de Madrid con mi amigo Rafa Llano, con quien tengo pendiente un libro sobra la risa que algún día escribiremos juntos. Hablábamos precisamente de la figura del payaso y me recomendó entonces una película de Ingmar Bergman que yo no conocía (raro en mí, porque en esa época acababa de ver en el plazo de un mes y en un empacho digno de mi oligofrenia mental las cuarenta y nueve películas que había conseguido del autor para preparar un taller). La película se titulaba precisamente así: En presencia de un payaso. *No sé si en algún momento llegué a buscarla —todavía hoy no la he visto y a estas alturas prefiero no verla ya—, lo que sí sé es lo que me sucedió cuando escuché ese título maravilloso, algo así como si alguien hubiese entonado los primeros acordes de una melodía. Pensé que si algún día escribía una novela sobre un payaso, y ése era un tema que me llevaba rondando la cabeza varios años, tendría que estar escrita precisamente en esa clave: en presencia de un payaso era la idea germinal perfecta: qué podía y qué no podía suceder en presencia de un payaso. Luego he sabido que en la película de Bergman lo que sucede en presencia de un payaso es la muerte, lo que sucede en presencia de mi payaso tal vez ni yo mismo sepa muy bien lo que es, pero no hay duda de que tiene que ver con el amor y con la vida. He robado el título a cara descubierta porque habría sido imposible hacerlo de otro modo y porque literalmente no se me ocurría otro más apropiado. Podría añadir, quizá, que no siento el más mínimo remordimiento.*

Impreso en Reinbook Imprès, sl,
av. Barcelona, 260 - Polígon El Pla
08750 Molins de Rei